コージーボーイズ、あるいは消えた居酒屋の謎

笛吹太郎

JN160194

昨日行った居酒屋が消えた？　引き出しのお金が四万七千円も増えていた？　だれも死んでいないのに姉が四方八方に喪中はがきを送りつけていた？　ミステリ談義の集まりにひとりゲストをお呼びして、毎回カフェ〈アンブル〉でゆるゆると行う推理合戦。それなりにみんながんばるのだけど、いつも謎を解き明かすのは店長の茶畑さんなのだった。――もっと気軽に謎解きを楽しみたいと思っていた皆さんへ贈る、ほがらかなパズル・ストーリー七編。期待の新鋭がデビューを果たした安楽椅子探偵シリーズ第一弾。

コージーボーイズ、
あるいは消えた居酒屋の謎

笛　吹　太　郎

創元推理文庫

COZY BOYS, OR THE PUZZLE OF THE DISSAPEARED PUB

by

Fuefuki Taro

2021

目次

コージーボーイズ、あるいは消えた居酒屋の謎

目次・扉カット　オオタガキフミ

コージーボーイズ、
あるいは消えた居酒屋の謎

「だからコージーミステリの本質は、原点回帰というところにあると思うのさ」

カフェ〈アンブル〉では今月も議論が白熱していた。

その名も《コージーボーイズの集《つど》い》――古書店とカフェの町、荻窪に出版関係者らが集まり、お茶とケーキを囲んでゆるゆるとミステリの話をするという催《もよお》しである。ルールは二つ、作品の悪くちは大いにやるべし、ただし人の悪くちはいってはならない。もっとも後者の誓いはしばしば破られる。

作家、古本屋、同人誌の主幹、ついでにぼく――夏川《なつかわ》ツカサのような編集者まで、それぞれの立場で小説に関わる当事者にして愛好家が集まり、自身も小説好きの店長の好意で、月に一度、奥の円卓を借り切って催されていた。

「原点回帰だよ」評論家にして伊佐山《いさやま》古書店の二代目である、伊佐山春嶽《しゅんがく》が自説を繰り返した。きょうも顔が細長い。「古典的な謎解き小説に戻らんとする姿勢だね」

「お茶とか料理のレシピとか、仕事の描写とか、そういうものは関係ないと」

ぼくは問い返した。そういう本を作っている身としては、聞き捨てならない。

「無関係といったら語弊があるけど、進化の過程で付与されてきたものだね」

伊佐山さんはセイロンティーのカップを傾けた。

「グライムズやマクラウドの登場でコージーの概念《がいねん》が確立したとするならさ。クリスティっぽい小説へのあこがれというか、戻るべきふるさと――黄金時代への回帰運動であるわけで」

「しかし、それはあまりにそもそも論すぎる気がします」

「そもそも論でなにが悪い」

「そういえば福来《ふくらい》さんはどうしたの。こういう話はまっ先にくいついてくるのに」

集いの長にして同人誌『COZY』主幹である歌村《うたむら》ゆかりがいった。きょうも肌つやがよい。なにかにつけ鷹揚《おうよう》な人で、かつて集いの発起人でもある彼女に、歌村さんがいるのにどうしてボーイズなのかと質《ただ》したことがあるが、「ビーチ・ボーイズが好きなんだよね」の一言でうやむやにされた。そんな彼女にぼくは答えた。

「遅れるって連絡はありましたけど」

「昨日は金曜日だったからね、羽目をはずして飲みすぎて、とうとう肝臓が破裂したかな」

小説家の福来晶一《しょういち》は甘党でありながら、年季の入った酒好きでもある。「ありえますね」と相槌《あいづち》をうっていると、やがてカランカランとドアベルを鳴らして当人が店に入ってきた。

「やあいらっしゃい、お早いおつきで」

伊佐山さんのいやみに「遅れてわるかったよ」と、黒ぶちめがねの奥からじろりとにらんで、ぶっきらぼうにいう。心なしか顔色がわるい。

「いいけど、とうとう肝臓が破裂したかと思ったよ」

「肝臓？」福来さんはびっくりしたような顔をした。「いや、肝臓は破裂してない」

生《き》まじめに答えるが、いささか余裕がない風でもある。どこかうかない顔だった。

ほんのり息が熟柿《じゆくし》くさい。店長の茶畑《ちやばたけ》さんが音もなく忍び寄ってきて、水の入ったグラスと二日酔いに効くという梅干し入りの番茶——察しのよいことだ——を置いた。元は超一流ホテルのホテルマンだ、いやさる筋の家令だった、などと噂される茶畑さんは、年のころは五十代半ばとみえるが、たしかなところはわからない。きょうもシックなベストを隙《すき》なく着こなし、やんごとなき向きも愛蔵するジーヴスか、はたまた名探偵ヘンリーかといった無駄のない挙措《きよそ》で、立ち居ふるまいがすがすがしい。

福来さんはコップを一息にあおった。その勢いでお茶もがぶがぶと飲むが、スイーツには食指が動かないようで、本日のメニューもちらりと一瞥《いちべつ》したのみである。

「どうしたの。きょうのスイーツ、おいしいよ」歌村さんが首をかしげつつ、ダブルベリータルトの皿を押しやる。「一口どう」

「ぼくには昨夜のアリバイがない」

とつぜんの告白だった。

「それで困ってるんだ。なんとかならないか」

「いつかなにかをしでかすと思ってたけど」伊佐山さんが応じた。「案外早かったね。なにをやらかしたんだ。強盗？　詐欺？」

「やってない。でも、昨日の記憶がない……」

話が要領を得ない。

「なにがあったんですか。落ち着いて説明してください」

「きみたちニュースをみてないの。島村《しまむら》くんが死んだんだぞ」

なんだって？

卓を囲む一同が――そればかりか、近くの席の関係ないほかの客たちまでが――そのことばにざわついた。

島村悦史《えつし》――一言でまとめるなら、業界ゴロにして、町の嫌われものである。あれ、二言になってしまった。

編集プロダクション経営者にして、文芸評論家をも自称する彼は、どこにでも顔を出し、誰それと親交があると吹聴《ふいちょう》してまわっているが、その実績となるとあやしいもので、結局なにをしているのか、実のところよくわからない。そんな彼の唯一といえる売り物が人あたりのよさで、とにかく人見知りをしない。笑顔を作ると、目が糸のように細くなり、好人物にしか見えなくなる。そんな彼に気を許してしまう人は老若男女問わず少なくなかった。ふところに入り込む力があるのだ。

が、その人となりを知る機会があればあるほど、人は彼を嫌うようになる。

大言壮語するのはまだしも、とにかく金にだらしない。飲み屋で彼にたかられた人、ツケを踏み倒された店は数知れず、かくいうぼくもうっかり雑誌への寄稿を頼んでしまったのを機に、打ち合わせと称して何度もたかられた。

以前からヒモのような生活をしているらしい。お相手は決して明かそうとしないが、「女性の敵だよ。金づるくらいにしか思ってないぞ」そんな風に憤《いきどお》る業界人もおり、とにかく評判は悪かった。

「島村くんが？　いつ？　どこで？」

歌村さんがたずねた。そういえば、どうしてもというから同人誌に参加させたのに、会費を踏み倒された――とぼやいているのを聞いた覚えがある。

「今朝、ナカオギの路上に倒れているのがみつかったらしい」

「ナカオギって、中荻商店街ですか」ぼくはおどろいた。荻窪駅から歩いて十分のところにある商店街である。すぐそばでそんなぶっそうな事件が起きていたとは。

「そう、あそこから脇道に入った路地裏が現場でさ。なんでも外傷性のショック死だとか」

「くわしいな、やはりきみがやったのか」伊佐山さんがいった。

「警察がウチにきて、いろいろ訊いてったんだよ。みんな、ほんとに知らないの。まだあまりニュースになってないのかな」

「朝刊には出てなかったけどね」と伊佐山さんがいい、歌村さんも端末をいじりながら「ひょっとしてこれ？　中荻窪の路上に男性の遺体。警察は事件と事故両面で捜査中。これだけだよ、名前もなにも出てない」とニュースサイトの記事を読みあげた。

横から覗《のぞ》き込むと、記事の配信は十六時となっている。ついさっきのことだ。

「あら、そうですか」福来さんはため息をついて伊佐山さんに向き直った。「まあともかく、警察がやってきたんだよ。被害者と金銭トラブルがあったろうって」

「そういや、けっこう貸してたんだっけ」

「けっこうといっても、三十万だよ」

三十万――たしかに、すさまじい額というほどでもない――が、はした金というには大きすぎる額でもある。

「それにこっちは貸した側だよ。そりゃ、さっさと返してほしくはあったけど」

「警察はどうみてるわけ」

「島村くん、最近プロダクションの資金繰りが厳しかったみたいなんだよね。ゆうべ、いきつけのバーでぼやいてたらしい」

聴取にきた刑事から聞いたんだけどね、と肩をすくめて、

「で、ぼやいてるところに、たまたまぼくが電話したもんだから、彼もめずらしくなんというか、キレてね。口喧嘩《くちげんか》になった。いま、金策してるところだから、ちょっと待ってろとか、どうとか。それを店のマスターが聞いてて、聞き込みにきた警察にご注進に及んだらしい」

まったく、職業倫理ってものはないのかね——とぼやいた。

「なるほど、きみの動機はわかった」長い顎《あご》を撫《な》でながら伊佐山さんがうなずいた。

「で、アリバイがないというのは」

「警察がね、昨夜の十二時から今朝がたにかけてどこにいたかって訊いてくるのよ。事情聴取のシーンはこれまで何度も書いてきたけど、自分がされるのははじめてだったな。あれは、あまり気分がよくないね」

「あたりまえだ」

歌村さんも口を開いた。「まっとうな大人なら、家で寝てる時間帯だけど——福ちゃんのことだから、またどうせ飲み歩いてたんでしょ」

はいはい、と福来さんはいった。

「でも、それならむしろアリバイがあるんじゃないか」伊佐山さんが首をかしげる。

「店の人に証言してもらえばすむことだろ」

「そうなんだけど」福来さんは情けない顔をした。

「ひとつ問題があってさ。お店がどこだかわからないんだ」

「どこだかわからない？」

一同はおうむ返しに問い、顔をみあわせた。「どうしてわからないの」

「つまりさ、酔いすぎてたんで、どこの店に行ったか覚えてないの。三軒目に行ったのは確かだけど、それがどこだったか記憶から飛んじゃってるわけ」

伊佐山さんはなーるほどね、といい、歌村さんは声にこそ出さないが、あきれた、とつぶやいたのが唇の動きでわかった。

「どこでそんなに飲んだんだ」伊佐山さんは腕を組んだ。「新宿か、池袋か」

「中荻」

「待て待て、つまり現場の付近で飲んでたってわけか」そりゃ警察だって怪しむよ、と伊佐山さんは首をふった。「整理しよう。そもそもなんでそこまで飲んだの」

「締切ラッシュでさ、疲れてたんだよ。きょうが二日だから――一日《ついたち》のことだね。やっと原稿のめどがついたんで久々に居酒屋に行ったわけ。ほらあそこ、〈銘酒　一軒目亭〉にさ」

ああ、あそこね、と歌村さんがいうが、下戸《げこ》の伊佐山さんは首をひねる。

「少しうちから遠いんだけど、ちょっと渋めのさっぱりしたお店でさ、ほどほどに空《す》いてて、居心地がいい。あれこれつまむうちに、どんどんと」

福来さんはその味を思い出すような顔をした。「一杯きりのつもりだったけど、店を出たら物足りなくって、路地裏に新規開拓に行ったんだ。そしたら〈ビア蔵〉っていうちょっと渋めのビアバーがあってね。ほどほどに空いてて気持ちがよくて」

「それから」「どうなったの」伊佐山さんと歌村さんが口々にうながした。

「そこで、編集の横田《よこた》くんと会ったんだ。彼もいける口じゃない」

お猪口《ちょこ》をもつような手つきをしながら、文芸編集者として名の知れた先達《せんだつ》の名をあげた。

「そこはすぐ閉店時間になっちゃったんだけどね。ふたりともべろべろで『もう一軒行こう！』って。だいぶ足にきてたけど、ぼくら判断力もなくなってて」

肩をすくめていった。

「正直、このへんからもうあまり記憶がないんだけど」

三軒目を求めて歩き出したけれど、難航した——福来さんは慨嘆《がいたん》した。

「金曜の夜だったからね、ふたりならどうとでもなると思ったけど、あいにくどこもいっぱいで」

「チェーン店なら空いてません？」

「ふたりとも、チェーン店の気分じゃなかったんだよね」

「気分ではありませんでしたか」

「そのうちにますます酔いが回ってきて」

福来さんは嘆息《たんそく》した。「目が焦点を結ばなくなってね。視界が回るんだよ」

詠嘆《えいたん》調でいう。「天を仰《あお》げば、星がプラネタリウムみたいに軌跡を描いてた。あれはきれいだったな」

「先生、その表現、小説に書いてもボツにしますよ」

我ながら職業意識の高すぎるあまり、ついつい表現にダメ出しをしてしまう。「で？」

酒場を求め、駅の南口からふわふわと歩いてゆくうちに、さらに町の奥に迷い込んでいった――と福来さんは語った。

「あちこち路地を覗いて、やってそうなお店を探して。で、たしか、ぼくがどこかの店を思い出して、提案したんだと思う。『そこ、よさそう』って横田くんもいってくれて」

福来さんは頭を抱えた。

「どうしました」

「ここからもう、けし粒くらいの記憶しかないんだ。思い出すのもしんどくて」

「アリバイがかかってるんだろ。がんばれ」伊佐山さんがいう。

励《はげ》ましをうけ、つっかえつっかえ福来さんは語った。

「どちらだったか覚えてないけど、とにかくどっちかが引き戸を開けた。ガラガラって。だからバーじゃないな。そしたら『お久しぶり』って店主に笑っていわれた――と思う。店主の顔は思い出せないけどさ」

「店名も思い出せないのね。どんな感じのところだった？」

歌村さんの問いに、

「雰囲気のいい店だったとは思うんですけど。横田くんもいい店だっていってた気がするし」

やはり福来さんはあいまいな答えを返した。

「でも、入店したときにはもう目が回ってて。看板とか内装までみる余裕はなかった。あんまり特徴のない、普通の店で。そうね、ちょっと渋めのさっぱりした店だったかな。ほどほどに空いてて居心地がいい」

「福さん、さっきから店の表現がぜんぶ同じだよ。文筆家としてどうかと思う」伊佐山さんが指摘した。「で、それから」

雀《すずめ》の声で目を覚ますと、自宅の玄関に倒れていた。そう福来さんは語った。

「ひどい二日酔いでさ。どこを歩いたんだか、シャツにはかぎ裂きがあるし、葉っぱはあちこちくっついてるしで。でもまあ、財布と携帯電話は無事だったし、そこはよかった点かな。記憶以外は、なくしてなかった」

この場合に限っていえば、いちばん肝心のものをなくしてしまったわけだ。

「なんだ、悩む必要はないじゃないか」そこまで聞いて、伊佐山さんはあほか、といわんばかりの表情をした。「編集者と一緒だったなら、その人に証言してもらえばいい」

「もちろん、電話した。でも横田くんはもっとひどくて、ぼくに会ったのも覚えてなかった」

「出版業界はダメ人間の集まりか？」伊佐山さんが天を仰ぎ、横のテーブルにいた人々が、ぷっと噴き出した。

ちらほらと見知った顔があった。町内の飲食店や酒場の人々で、町を歩いているとときどきすれちがう面々だ（いい忘れたが、ぼくはこの町に住んでいる）。どちらかというと故人を悼《いた》むというより、不謹慎ではあるが、興味のほうが勝るというか、そんな顔つきをしている。はたして「福来センセ」と横のテーブルからひとりの男が声をかけてきた。

「あんなやつをぶん殴ったくらいで、人生棒にふってもつまらないよ。みんなぶん殴ってやりたいと思ってたんだから。なんなら昨日、ウチにきてたことにしちゃえば？」

みれば、近くにあるバー〈雫《しずく》〉の店長である。

「昨日はずっとガラガラでカレンちゃん以外にだーれもいなかったから、おれたちが黙ってればバレないって」同じテーブルの若い女性――店員のカレンちゃんである――が青い顔で店長、店長と袖を引くのにもかまわず放言すると、「うん、そうなさい」とカウンターで新聞を読んでいた老紳士がふりかえって賛同する。故人の顔の広さと人徳とがしのばれた。

福来さんは一瞬、その申し出にとびつきそうな顔をしたが、さすがに理性が勝ったのか、「や、そういうわけには」と首を横にふった。

「なるほど、警察もそりゃあやしいと思うよな」伊佐山さんはいった。「でもまあ、三軒目に行ったのがたしかなら、そんなにあわてる話でもないだろ。何百軒も店があるわけじゃなし。一軒一軒訊いていけばすぐみつかる」

「話はここからが本番なんだ」福来さんは悲痛な顔をした。「ぼくもそう思ってね、そうしたんだよ。ついさっきまで、町じゅう駆けずり回って訊いてきたんだ。でも、ないんだ。どこにも店がないんだよ。どこへ行っても、昨日はきてないっていうんだよ」

面妖な話になってきた。伊佐山さんが首をひねる。

「きてないって、どこかの店に行ったのはたしかなんだろ」

「たぶん」自信がもてないのか、いささかあやふやな顔はしていたが、福来さんはうなずいた。「だからぼくも、一店一店あたっていけばいいと思ったよ」

中荻一帯は町の規模としてはさほどでもないから、そういうこともできる。

「心当たりのある店から調べていったんだけど」

こんな感じだったそうだ——。

「いらっしゃい。え、昨日ウチにきたかって？　ふたりで？　いや、きてないけど。そんな、アリバイがかかってるっていわれても」

まず訪れた〈和酒金星〉の店主はそういって来訪を否定した。続いて二軒目の〈マローンの酒場〉でも、

「え、きてないけど」

三軒目の〈酔っとい亭〉も、「昨日ですか？　ちょっと待って——店長、昨日の夜、男性のおふたりさまってきましたっけ」「昨日？　きてないぞ」

四軒目の〈とりのけむり〉でも、「えー、きてないわよう」

ひたすらこの調子だった。「十軒目くらいで不吉な予感がしたよ」

中荻で飲んだのは間違いない。どこかにあるはずだ。

それなのに。

「結果はぜんぶ、空《から》ぶり。二十軒近く回ったぜ。グルメサイトで検索して知らない店もつぶしてさ。でも、全滅だった」

最後の一軒で否定されたときは、目の前がまっくらになったよ、とつぶやいた。

「あの店はどこにいってしまったんだ」

「井伏鱒二《ますじ》が『荻窪風土記《ふどき》』で書いてるけど、荻窪も元は獣が出るような辺境だったっていうし」歌村さんがもっともらしくうなずいていった。「福ちゃん、たぬきに化かされたんじゃないの」

「いまは、あやかしっていう方が流行《はや》りかな」伊佐山さんが応じる。

「それはウチで書いてほしいです」ぼくも応じた。「先生はまだ、あやかしものを書いてないですし」

「のんきなことをいってちゃ困る」福来さんは憤慨《ふんがい》した。「まじめに考えてくれ」

「いやいやまじめだよ。それがほんとなら、たしかにたいへんだし、不思議だけど」

伊佐山さんは評論家の顔つきになり、

「ミステリでいうなら、まるで『幻の女』だね」と、推理小説の古典をあげた。「それよりスケールが大きいかな。捜しても捜しても、あの夜に訪れたはずの店がみつからない。なかなかムードがあるね」

「あっちは一緒にいたはずの女性がみつからないってお話だもんね」

歌村さんも応じた。

「そうそう。そういえば福さんだって、そのテーマで一本書いてたじゃないか。あんまり出来はよくなかったけど」

「いまいちだったね」

「だから、のんきに小説トークをされちゃ困るってば」福来さんはいった。「他人事《ひとごと》だと思って」

「しかし、他人事だしなあ」

伊佐山さんのことばに、福来さんは世界から見放されたかのような顔をした。

「冗談だよ――そんな顔しなさんなって」伊佐山さんはいう。「まずは大前提として、ほんとに漏れなくぜんぶの店を回ったの？　二日酔いの頭でだろ、見落としがあるんじゃないか」

「ぜんぶ行ったよ。たいへんだったんだぞ」

いい争いをはじめそうなふたりのもとにすっと影が差した。

「中荻で、夜おそくまでやっている店の地図です。お役に立ちますでしょうか」

道路を線で描いた、商店街を中心にしたシンプルな地図を、茶畑さんが差し出してきた（【図1】）。どうしてそんなものをもっているのか！

「お役に立ちますとも」歌村さんが喜んだ。「さすがあ。じゃあ、これをベースに、福ちゃんの回った店をチェックしていこう」

「やります」ぼくは係をかって出た。

福来さんが列挙する店名をどんどんチェックしていく。

〈和酒金星〉
〈マローンの酒場〉
〈酔っとい亭〉
〈とりのけむり〉
〈鶏天国〉
〈大繁盛〉
〈けもの屋〉
〈酒楽亭本舗〉
などなど。

この町の居酒屋——これらのほかに、ぼくらにはみえない店があるのか。さもなくば、一夜にして消えてしまった店が。

夜空を飛んでいずこともなく去ってゆく居酒屋の姿が脳裏に浮かぶ。

いやいや、それこそアルコール依存症患者の妄想だ。

頭をふって空想をふりはらうぼくを、福来さんが

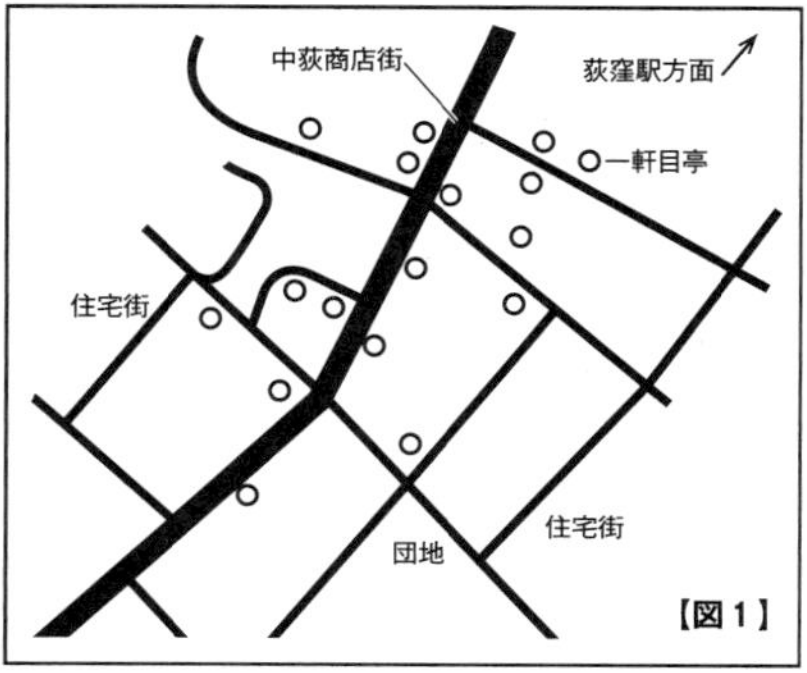

【図1】

不思議そうにみた。

みなが額《ひたい》を寄せ合って地図を覗き込む。

「おおむね商店街から五、六百メートル圏内ってとこか」

「それ以上離れたらあとは住宅街か団地だもんね」

伊佐山さんと歌村さんが分析する。

「グルメサイトでも調べたから、漏れはないと思う」福来さんはいった。「中荻窪と居酒屋って条件でひっかかってくるところをチェックしてね、そこから閉店の早い店を除いたら、二十軒くらいになる」

「ところで捜すのはこの辺に限定していいのか」伊佐山さんがいった。「店がみつからないから駅前に戻ったってことは」

「それはないと思う。駅まで歩いたら、しらふでも十分はかかる。あれだけ足にきてたら倍は時間がかかったろうし、そしたらさすがに覚えてるはず」

「そもそもこの町に限っていいの？」歌村さんも疑義を呈した。「車でよその町に行った可能性もあるんじゃない」

「いいえ、それもないです。Su・icaの残金も減ってないし、タクシーのレシートもなかったから」

ぼくは口を挟んだ。

「気を悪くしないでほしいんですけど、三軒目に行ったのは確かなんですね。その、記憶を捏造《ねつぞう》したりしてないですよね」

そこが崩れると考えるどころではなくなってしまう。

「正直、百パーセントといいきる自信はないけど。でも幻じゃないと思う」福来さんはいった。「夢にしてははっきりしすぎてるし」

「するとやはり、居酒屋が一夜で町から消えたことになるけれど」

「夜逃げかな」

歌村さんが応じるが、伊佐山さんは首をひねった。

「一晩で跡形もなく消えた？」

「無理かしらね」

「どうでしょう。福さん、町を歩いてて、そういう風な跡地はあった？」

福来さんは首を横にふった。

「ふむ。安楽椅子探偵をするにも、もうちょっと手がかりがほしいな」伊佐山さんが長い顎に手を添えた。「店の印象でも、誰かの発言でもいい。なにかないか」

「そういわれても」

手詰まりになった。

「やっぱり、ウチにきてたことにしちゃえば？」

ふたたび横のテーブルから提案がもたらされた。

福来さんはさっきよりも強くその申し出に惹《ひ》かれている風だったが、歯を食いしばって首を横にふった。

それが潮になった。興味津々《しんしん》こちらのやりとりに耳を傾けていた隣席の方々も、これ以上の進展はないとみてか、あるいは開店準備に追われてか、三々五々「お勘定」と口にし店をあとにしていった。

「またのお越しを、心からお待ちしております」

茶畑さんが深々と頭をさげ、最後の客を見送ると、とうとうぼくらだけになった。

「アプローチを変えてみよう」伊佐山さんがいった。「店が一夜で消えてなくなるはずないんだから、可能性は二つしかない。ひとつは福さんが犯人で、その場しのぎのうそをついている」

「ついてないよっ」

「となると可能性はひとつだ。店の誰かがうそをついている」

福来さんはぎょっとした表情になった。「たしかに、理屈ではそうなるけど、なんで?」

「それはこれから考える」

伊佐山さんはポットからお茶を注いでいった。

ぼくは地図を見返した。〈ビア蔵〉以降に訪れたところ——これらのどこかにうそつきがいる？

「うそつき云々はともかくとして、夜逃げじゃなければさ」歌村さんが自説に執着をみせつついった。「地図やネットに載せてない店じゃないの。会員制の文壇バーとか」

「荻窪に文壇バーはないんじゃ」ぼくは首をひねる。

「だったら、もっといかがわしい方面の」

「いかがわしいって？」

「それはもう、政治家とか高級官僚とかが相手の、ユーザーって知られるだけで社会生命が終わるような趣向の」

「ぼくはそんな店、行きません。だいたい、ぼくがどうしてそんな店を知ってるの。知らなかったら行きようがないでしょ」

にべもなく否定され、歌村さんはむっとしたようにお茶を飲んだが、すぐに顔を輝かせると新説をもちだした。

「あのさ、お酒が飲めるのは、なにも居酒屋に限ったことじゃないよね。そこらの定食屋とか、中華の店だって酒は出すでしょ。そういう店を、たまたま福ちゃんが居酒屋だと誤解していたとか」

自信満々に述べたが、福来さんはぴんとこないようだった。

「ぼくが誤解していたのなら、その店がほんとは居酒屋じゃなかったかどうかにかかわらず、もうその店に行ってたずねてるはずだよ」

そうか。この説もだめか。

伊佐山さんも手詰まりのようで、疲れた顔になっている。

「頼むよみんな、このまま身の証《あかし》を立てられないまま過ごすのなんて、いやだよ」

福来さんが情けない顔でみなにすがった。

よくよく思えば不運な人だ。島村さんにいらつかされていたのは福来さんだけじゃない。それこそ町のいろんな店で、いろんな界隈《かいわい》で、嫌われていたのにまてよ。

大事な点を見落としていた。

なんでこんなことを見過ごしていたんだ——。

伊佐山さんは正しかった。うそをついている店があったのだ。

「先生、ちょっと思ったことがあるんですが」

福来さんはこちらを向いた。

「お話だと、島村さんはいきつけの店で先生の電話を受けたそうですね」

「うん」

「それは中荻の店ですかね」

「たぶんね」福来さんはうなずいた。「ウチにきた刑事たちも、中荻で聞き込みをしてたらぼくにたどりついたって口ぶりだったし」

「だとしたらですよ、その店というのも」ぼくは地図を指さした。「先生が回った店舗の中にあるんじゃないですか」

福来さんはあいまいにうなずいた。「うん、たしかにいわれてみればそのとおりだけど。すると――どうなる？」

「だとすると、そこの店主が事件を話題に出さなかったのは変です」みなの反応を待たずに続ける。「先生が必死な顔で、昨晩自分が来店しなかったかとたずねてきたら、ふつうは事件がらみの話と察しがつきそうなものです。なのに反応しなかったのは、なにかうしろめたいことがあったからじゃないでしょうか」

「うしろめたいことって、なにさ」

「だいぶ想像交じりになりますが――島村さんは金策してるところだといってたんですよね」

「あの島村くんに、お金を貸す人ねえ」

「彼が情報通だったのは確かですし、なによりゴシップの当事者でもありました。捨て身になれば、それもまた交渉の手段になる」

福来さんはぎょっとしたようにいった。「まさか、脅迫まがいのことに及んだ?」

「かもしれない」さらに推論を展開してゆく。

「ここで推理は飛躍しますが、そこの店主が脅迫のターゲットだったとしたら。そして偶然にも、先生が三軒目にそこを訪れたとしたら」

みな唖然《あぜん》としている。ぼくは続けた。

「時系列をまとめると、こんなことがあったんじゃないかと思います。島村さんは先生の電話を受けたあと、あとで戻ってくるから、それまでに現金を用意しておくよう店主にいい置いて、ほかのあてのところに出かけます。

そのあと、先生たちがやってきた」

「すごい偶然だな」伊佐山さんがいった。

「たしかに。でも、その偶然があったからこそ事件は起きた。しばらくして、宣言どおりに島村さんは戻ってきた。ところが店には先生がいる。気まずいし、せっかくプロダクションの資金繰りに集めてきた金を取り立てられてはかなわない。そこで路地裏から店主の携帯に電話してわけを話し、裏からこっそり出てくるように命じます。仮に店をひとりで切り盛りしていたとしても、客の少ない深夜ならそこまで難しくはない。まして先生たちは泥酔してたわけですし。

いわれるままに店主は裏からそっと出て島村さんに会いましたが、そこでなにかのはずみで喧嘩になって、結果――島村さんを殺害してしまう」

一同は息をのんだ。

「店主は悩んだと思います。遺体を店の裏に放置しておくのは論外だけど、いつまでも店を空けておくわけにもゆかない。まあ、なるべく人目につかない場所まで引きずってゆくくらいが精々だったでしょう。それから急いで店に戻って、なに食わぬ顔でおふたりの相手を続けた。生きた心地がしなかったでしょうね。おふたりも泥酔してなければ、気づいたんじゃないかな」

福来さんは複雑な表情をしている。

「夜が明けて、ようやく先生たちは帰ってゆき、遺体も発見され、事件は公になった。夜のうちにおふたりが帰っていれば、遺体をもっと離れた場所に遺棄しにゆくなりできたでしょうけど。夜が明けてからでは通行人にみとがめられるリスクがはねあがりますからね。その危険はおかせなかったのでしょう」

あと少し――ぼくは紅茶をあおって続けた。

「そこへ、記憶をなくした先生がもう一度訪ねてきたときはチャンスと思ったでしょうね。島村さんと喧嘩していた人間が、自身のアリバイを証明するためにきている。来店を否定すれば、先生にはアリバイがなくなる。

このチャンスを逃す手はない。当然店主、いや、犯人は先生の来店を否定しました。

——こうして先生の訪問した店は消え失せたというわけです」

なかなか説得力をもって響いたらしい。なるほど、と伊佐山さんがうなずいた。

「それなら合理的な説明がつくね」

福来さんが挙手した。

「希望のもてる説が出たのはうれしいけど、結局、ぼくの無実を証明するためにはどうすればいいの」

「警察にいまの話をしてはどうでしょう。犯人の店は、遺体のあった場所の近くにあるでしょうし、警察の捜査力なら、きっと真相に——」

福来さんがうなずきかけたところへ、

「恐縮ですが、少しよろしいですか?」と声がかかった。茶畑さんが立っていた。

「ありがとう、お茶はもういいよ」福来さんはいった。

「恐れいります。でも、お茶の件ではございません」

茶畑さんは首を横にふった。

「みなさまのお考え、失礼ながらうかがわせていただきました」

「ああ、大声でしゃべっててすみません」

「いえ、感服しました。——ただ、気になるところもございます」

聞き捨てならぬことをいいだした。

「気になる、とは」

「犯人の店に福来さまたちが訪れたとのくだりです。偶然にもとおっしゃいましたが、正直申し上げてかなり低い確率であるのでは」

「う――それはたしかに。でも、ゼロじゃないでしょう」

「承知しております。しかし福来さまがいつ記憶を取り戻すかもわからないのにうそをつくというのは、あまり理にかなった行為ではないように思います。まして福来さまにはお連れの方もいらっしゃったわけで。その方も記憶をなくしていると察したのかもしれませんが、思い出す危険は二倍あるわけですから」

「う――」

「福来さまがお店を捜し回られた際、事件の話が出なかったのはおかしいというのは一理ありますが、単純に気まずかったからとも考えられます。そもそもその店は、お客様にとって不利になる情報を警察へ告げ口してしまっていたわけですから」

茶畑さんは続ける。

「それに夏川さまのおっしゃる方が犯人なら、福来さまの来訪はかえって否定しないほうが得策ではないでしょうか。店を抜け出たことに気づかれていないのなら、いざというときのアリバイ証人になってくれるわけですから。万一警察に疑われた際に、『その時間はずっと彼の店で飲んでましたよ』といってくれる証人に」

「とっさのことで、つい深く考えずにいってしまったのかも」

「そういうこともあるでしょう。――ただ、そのような偶然の要素を組み込まなくても、もっとシンプルな答えが出せると思います」

「というと」

「そうですね。まだ根拠が少ないので――」

茶畑さんは少し考えていたが、やがて福来さんへ向き直ると、

「ひとつ気になったのですが。三軒目で『お久しぶり』といわれたのですね」

「うん、ぼくをみてね、笑って『お久しぶり』って」

「そこから店を絞り込んでゆけないでしょうか」茶畑さんはいった。「そのことばからすると、少なくとも一度は行かれたことのある店なわけですから」

「なるほど、理屈だね」

「きょう、初めて行った店に×をつけてください」

福来さんは従い、すると地図の○印が半分になった（【図2】）。

「続けてよろしいですか？　久しぶりの来店だったなら、いきつけの店ではないでしょう。それでいて福来さまのことは覚えられているわけで」

「何回かは行ったことがある店ってことか」

「先生、該当しない店に、×印を」

○印が半分になり、残り四軒となった（【図3】）。
「最近は足が遠のいていた。でも、店の人が笑っていたなら、そこでもめごとを起こしたからでもありませんね。トラブルのあったような店も消してください」

「ぼく、もめごとなんて起こさないけどなあ」といいつつも福来さんは、「そういや、ここは携帯電話を使って怒られたな。ああ、ここはゲラの直しをしていたら嫌がられた

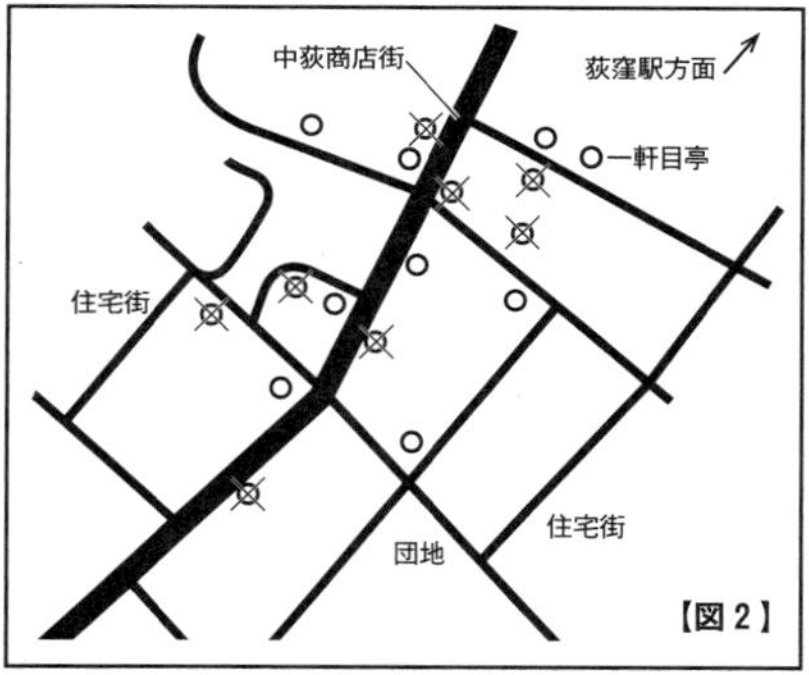

【図2】

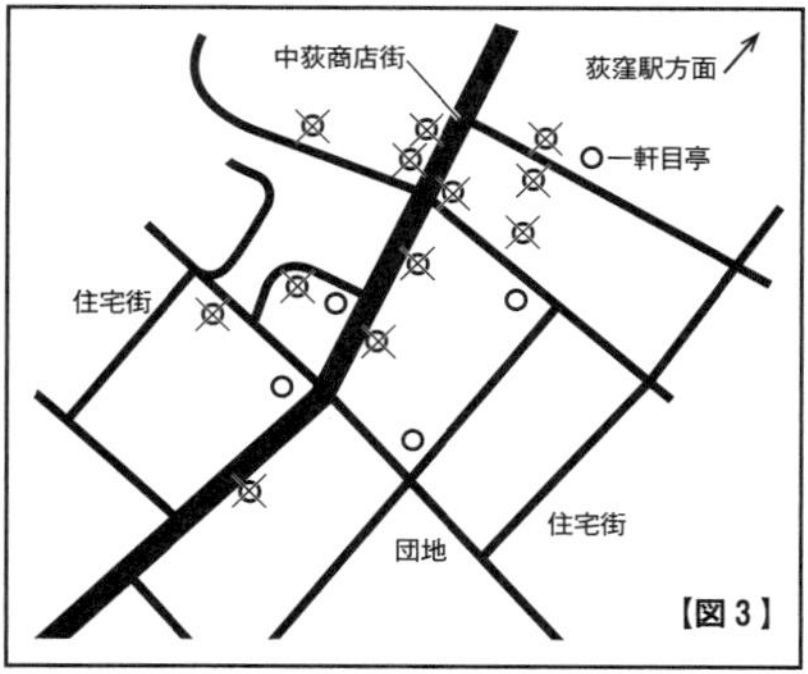

【図3】

っけ」

などとつぶやきながら次々と店を消していった。

はたして結果が出た。

「ぜんぶ消えちゃったじゃないか」（【図4】）

茶畑さんは静かに首を横にふった。「これでよいのです。最後の店がまだ残っています」

「残ってないじゃない」

「いえ、こちらにあります」

そういうと茶畑さんは、〈銘酒　一軒目亭〉を指さした。

「店長、待ってよ、ここって最初の店じゃないか！」

「はい。だから盲点に入っていたのです。でも、素直に考えるならここしかないのです」

茶畑さんはいった。

「じゃあ、ぼくが『お久しぶり』っていわれたの、あれはなんだっていうの」

福来さんの問いに茶畑さんは答えた。

「お久しぶりではなかったからでしょう」

みな、とっさに意味がつかめず、きょとんとした顔をしている。

「世間には、ちょっとひねった冗談をいう人がいます。遅刻した人に、社長、お早いおつきでというような、そういう冗談ですね」

　ぼくらの視線は伊佐山さんに集まった。ついさっき、福来さんにそういう冗談を向けていたのを聞いたばかりだ。

「なるほど」と伊佐山さんが咳払いをした。「それで？」

「笑って『お久しぶり』といったのも、そういうニュアンスのことばだったんじゃないでしょうか。あまりにもすぐに再訪されたので、つい冗談が口をついて出た」

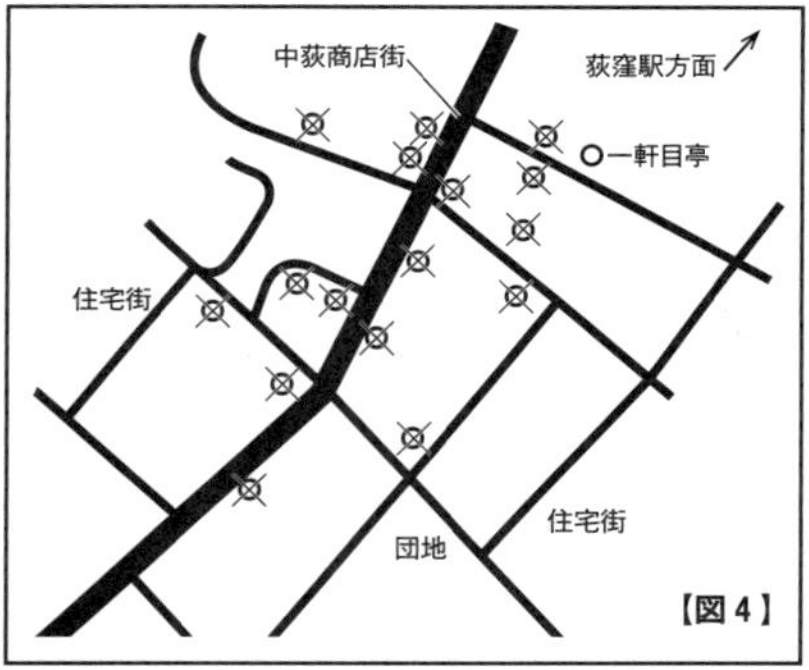

【図４】

「じゃあぼくは一晩で、おんなじ店に二度行ったたっていうの」

　福来さんはぽかんとした顔でいった。

「そんなあほみたいなことをしたのか」

「たしかに普通はあまりしないことです。でも、別にそれがいけないというきまりはない。他に入れる店がないなら至って合理的な選択です」

　これまたぽかんとしている伊佐山さんに、歌村さんが茶目っ気交じりにいった。「コージーミステリと同じ、帰るべきところ、原点回帰ってやつだね」

それでもまだ納得できない風でいる福来さんに対し、茶畑さんは諭《さと》すようにいった。

「お店の表現を聞いた時点で気づくべきでした」

ふたたびぼくらはきょとんとする。

「先生は一軒目と三軒目を同じことばで表現していたでしょう。ちょっと渋めのさっぱりした店だったと。同じで当然です。同じ店なのですから」

「あっ」

一同が声を上げ、「表現が同じだっていうのは、ぼくも気づいてたのに」と伊佐山さんがくやしそうに歯嚙みした。

「じゃあ、〈一軒目亭〉に訊けば」

「おそらくはアリバイを証言してもらえるものかと」店長は手回しよくタウンページを差し出した。「電話番号はこちらです」

あわただしく携帯端末を操作する福来さんを、ぼくらはかたずをのんで見守った。はたして――。

「あのう、いつもお世話になってる福来と申しますが、昨日」

『ああ福さん』大きな声が漏れ聞こえてきた。『昨日はたいへんだったんすよ、あんたたちふたりとも寝ちゃうから。こっちは帰るに帰れないし』

「帰るに帰れませんでしたか！　それって何時から何時の間でしたかね」

『なんでちょっとうれしそうなんです？　ええと、日付が変わる直前から、始発が動く五時くらいまでですよ。――もしもし、もしもし？』

ありがとうございました、今度お礼にうかがいます、といって福来さんは通話を終えた。「あったよ。お店があった。ぼくたちもいた」

ぼくたちはわっと沸いた。

「おめでとうございます」

「前科もちにならなくてよかったねー」

伊佐山さんは少しくやしそうに「きょうは店長にやられたね。すずしい顔をして、とんだ名探偵だ」といった。そして冗談めかした口調で、

「その調子で犯人もわかってたりして」

冗談のつもりだったのだと思う。ところが――。

常に冷静沈着な店長が、わずかに顔をこわばらせた。

「どうしたの。もしかして、犯人にも心当たりがあるの？」

歌村さんの問いに、いえ、あれ以上のことは皆目《かいもく》、と茶畑さんは口を濁《にご》す。

店長は、うそをつくのはうまくないようだった。

「なにかわかってるなら、いってよ。このままじゃすっきり帰れない」

「そうだ、そうだ」

福来さんと伊佐山さんから口々に責めたてられても逡巡《しゅんじゅん》していたが、

「教えないと、怒るよ」

歌村さんにもいわれると、観念したようにため息をついて、「話半分に願います」と前置きして話しはじめた。

「どうにも気になるのです。先ほど厨房で耳に挟んでしまいました。どなたかが『ぶん殴ったくらいで』とおっしゃっていたのを。なぜ殴ったとご存じなのでしょう。ニュースにはそこまで報じられていませんのに。単に思い込みでしゃべっただけならよいのですが」

「あっ」ぼくらは息をのんだ。

たしかに聞いた。横のテーブルにいた、〈雫〉の店長がそのことばを発するのを。

あの人が⁉

「しきりに福来さまをご自身の店にきたことにすればいいと誘っていましたね。その夜、お客がまったくなかったとも。あれは先生のアリバイを作ってあげるようにみせて、その実、自分のアリバイを作ろうとしていたのではないでしょうか」

ぼくたちは息をのんだ。

「もちろん、これは想像にすぎません」茶畑さんはいいわけするようにいった。「くれぐれも鵜呑《うの》みになさらないよう」

なさらないよう、といわれても、その可能性を頭から振り払うのはもはや困難だった。

福来さんがぽつりといった。

「ぼくが島村くんを追いつめなければ、こんな事件も起こらなかったのかな」

「お話をうかがう限り、福来さまがお電話をする前から『金策』をする腹は決まっていたようで」

茶畑さんはなぐさめるようにいった。

「仮に島村さんとお話しされなくても、事態に変わりはなかったのではないでしょうか。それに繰り返しますが、いまのは想像にすぎません。外れていることを、祈っております」


茶畑さんの願いは、半分だけ叶った。

それからひと月し、犯人が逮捕された。バー〈雫〉の店長——ではなく、従業員のカレンさん、本名山田《やまだ》加恋が——。

あの日、店長の袖を引いていた女性だ。

カレンさんは昨年から店に通いはじめた島村といい仲になっていたが、次第に都合のよい金づるとして扱われるようになっていたという。

そして事件当夜、「金策」に来店した島村と口論になり、若干のアルコールを摂取していたこともあって歯止めが利かず――店のボトルで殴打したところ、打ちどころが悪く、死亡してしまった。

〈雫〉の店長はカレンさんをかばうべく、裏口からひと気のない路地裏に島村の遺体を運び出した――というのが事件の全容であった。

一か月後の例会で、茶畑さんはため息をついたものである。

「お酒は身をくるわせるものでございますね」

福来さんは神妙な顔でそれを聞いていた。

あれからしばらく、福来さんの飲み方は、だいぶ肝臓にやさしいものになっているようである。

笛吹太郎と申します。
こいつは何者だ――と疑問に思う方がほとんどかと思いますので、簡単に自己紹介をいたします。二〇〇二年、第九回創元推理短編賞最終候補になった「強風の日」という作品を、翌年の『創元推理21』二〇〇三年春号に掲載していただいたのが東京創元社との最初のご縁になります。その後、三度ミステリーズ！新人賞の最終候補に残ったことからお声がけいただき、このたび本作掲載の運びとなりました。気づけばずいぶんたってしまいましたが、いまはただ喜びでいっぱいです。

少々、作品内容に関連する話も。

お酒をたしなまれない方からときどき訊かれる質問として、

「酒で記憶が飛ぶっていうけど、ほんと？　ウケねらいで話を盛ってない？」

というものがあります。

お答えしますが、飛びます。

大げさにいっているのではと思われがちですが、本当にきれいさっぱりなくなってしまう。前夜のある一点を境に、さながら映画のフィルムのコマとコマの間を鋏《はさみ》でちょん切ったかのようにすっぱり消えてしまうのです。必死で財布のレシートをかき集めて前夜の記憶を呼びさまさんとするもわからない。恐怖です。自分がどこでなにをしていたか、わからなくなってしまうおそろしさ。よく推理小説で、

「あなたはその夜、どこでなにをしていましたか？」

などと刑事に訊かれる場面がありますが、こんなときは、

――いま、警察に疑われたら身の証を立てられないな。

と思います。本作の福来氏のように、無実を証明してくれる名探偵の知りあいがいるわけでもありません。疑われたらと思うと、おそろしい。そんな酔っぱらいの不安がこのお話の背景にあります。当初、〈コージーボーイズ〉というフレーズが浮かんで想を練りはじめた時点では、いわゆるコージーミステリらしい、おいしいお茶とケーキに彩られたコージーな作品にするはずだったのですが――どうしてこうなってしまったのか。余談ながら、おおよそ書き終えようかという段になって北村薫先生の『飲めば都』を読みはじめ、

――ネタがかぶってたらどうしよう。

と青くなったのも、いまではよい思い出です（さいわい、ボツにせずにすみました。ちなみに読むきっかけは本作を担当された編集者のK島さんが『本の雑誌』に寄せた記事だったりしますが――それはまた余談の余談です）。

それはともかく。東京創元社で掲載の機会をいただくのは十七年ぶりになります。歳月を重ねて磨きあげた畢生《ひっせい》の大作――というわけでもなく、肩の凝《こ》らない、お茶の時間にさらりと読める箸《はし》休めのような作品をめざしました。願わくは、肩の力を抜いてお楽しみいただけましたらさいわいです。そして、遠からずシリーズの続きも発表できますように（また十七年後とかではなくて……）。

なお、作中で言及したマーサ・グライムズは一九三一年アメリカ生まれ。英国

の田舎を舞台に、題名に酒場の名前を冠した〈パブ〉連作で知られます。『禍《わざわ》いの荷を負う男」亭の殺人』など、訳題を『「――」亭の……』で揃えたシリーズといわれれば思い当たる方もいらっしゃるのではないでしょうか。二〇一二年には、アメリカ探偵作家クラブ（MWA）巨匠賞を受賞しています。いわゆる黄金時代と呼ばれる頃の英米ミステリを強く意識した作風で、コージーミステリの代表格としてもしばしば名前があがります。探偵役をつとめるは謹厳《きんげん》な切れ者刑事と爵位《しゃくい》を捨てた元貴族の青年、これに穿鑿《せんさく》好きのアガサ叔母さんを加えたトリオが織りなす好シリーズです。

シャーロット・マクラウドは一九二二年カナダ生まれ。一九六〇年代から著述活動を開始し、一九七八年に農業大学教授ピーター・シャンディものの第一作『にぎやかな眠り』を発表します。作品、シリーズとも多数で、マクラウド名義ではシャンディもののほか、ボストンが舞台のセーラ・ケリングものを、アリサ・クレイグ名義でマドック&ジェネットもの、ディタニー・ヘンビットものを執筆しています。作風は明朗快活、巧みに戯画化されたキャラクターも躍動的で、にぎやかで楽しい。アメリカのユーモア・ミステリの第一人者です。

コージーボーイズ、
あるいはありえざるアレルギーの謎

「ケーキもいいけど、たまには焼き菓子もわるくないね」小説家の福来晶一《ふくらいしょういち》はティーカップを片手に、小皿に盛られたフロランタンをかじりながらいった。「とくにナッツが多いのがいいね、ぼくら向きだよ」

「ナッツがお好きでしたっけ」

そうたずねたぼくを、トレードマークの黒ぶちめがね越しに一瞥《いちべつ》していう。

「ナッツの効能は有名だろ。レシチンが豊富で神経の働きが高まるし、血糖値の乱高下《らんこうげ》も防げる」

「はあ」

「この集まりみたいに、知的な会話をする場にはもってこいだ」

「知的はいいけど、ひげにナッツがついてるぜ」評論家にして伊佐山《いさやま》古書店の二代目、伊佐山春嶽《しゅんがく》がいった。細長い顔に苦笑いを浮かべている。「ヌガーもついてる」

なるほど、まばらに生えた無精ひげにナッツのかけらが付着している。福来さんはハッとしたように口に手をやると、顎《あご》まわりにかけてごしごしとぬぐった。あまり知的な挙措《きょそ》ではない。

同人誌『COZY』の主幹にして本会の長たる歌村《うたむら》ゆかりが、血色のよい顔をほころばせ、革ジャンに包んだ身をゆすってけらけらと笑った。

四月である。春である。ここ、カフェ〈アンブル〉では今月もまた《コージーボーイズの集《つど》い》が催《もよお》されていた。

コージーボーイズの集い――古書店とカフェの町、荻窪にコージーミステリ好きが集まり、推理小説の話に花を咲かせる会である。作家、古書店主兼評論家、同人誌の主幹、そしてぼく夏川《なつかわ》ツカサのような編集者など――それぞれの立場でミステリに携《たずさ》わる面々が、四方山話《よもやまばなし》に花を咲かせるのだ。ルールは二つ、作品の悪くちは大いにやるべし、しかし人の悪くちはいってはならない。もっとも後者の誓いはしばしば破られる。

「ところで、ナッツが出てくる推理小説ってあったっけ」

ひとしきり笑いおえた歌村さんが問いを発した。

福来さんは黒ぶちめがねの奥で目をしばたたかせた。「意外に思いつきませんね」

「でしょ、チョコレートとかケーキなら思い浮かぶけど」

たしかに名探偵がピーナッツをぽりぽりかじったりお屋敷の住民がアーモンドをがりがりやったりというのは、古典的な、いわゆる推理小説の荘重《そうちょう》なイメージにはそぐわない。ハードボイルドや冒険小説なら話はまた違うだろうが——。

なくはないでしょう、と長い顎をひと撫《な》でして伊佐山さんはいった。「そのものずばり『ピーナッツバター殺人事件』という作品がある」

「でもあれはピーナッツそのものってわけじゃないし」歌村さんがいう。

話題はそこからナッツのカビは毒性が強いという話をへて、好きな〈毒殺を扱ったミステリ〉というテーマに飛んだ。

「新しめ——平成の作品で選ぶなら、『ロシア紅茶の謎』だな」と福来さんがいえば、

「歴史的な位置もふまえて『Xの悲劇』を」と伊佐山さんが返す。

「地味だけど『杉の柩』かなあ」と歌村さんも応じた。

「や、それはちょっとひねりすぎじゃないですか。あれは毒殺ものというより人間関係のツイストがキモで——」

やいのやいのと話が続く中、ぼくは少々心配になっていた。

どうも先ほどから横にいる人のようすがおかしい。場の雰囲気をつかみ損ねているのだろうか。横目で隣に座る、森田森夜《もりたしんや》先生のほうをそっとみやった。

森田森夜——青年誌で活躍する漫画家である。

山賊のごとき黒ひげの巨漢で、両の腕にも指にも強《こわ》い毛を生やし、一見すると強面《こわもて》だが、画風は緻密にして繊細、心の機微《きび》を描き出す手腕にも定評がある。近年はミステリ

の分野にも進出し、連載中の『パラドックス探偵団』は新たな代表作となっている。そんな先生がこの場にいるのは、ぼくの担当する雑誌でショート・コミックを描いてもらったからで、打ち合わせで会の話をしたところ興味を示されたためお招きしたという次第である。この集まりがはじまって以来のゲストであった。

そんな森田さんは、さっきまでは和気藹々《わきあいあい》と会話に加わっていたのに、ナッツの話になってからは口をつぐんでしまっていた。〈アンブル〉の至宝、比類なき店長たる茶畑《ちゃばたけ》さんお手製のフロランタンも一口かじったきりだ。

「先生、すみません。マニアックな話ばかりで退屈でしたか」

「や、そんな」森田さんはびっくりしたようにいった。「楽しくうかがってましたよ。ミステリは好きだし。ただね——ちょっと個人的な事情があって」

「個人的な事情」福来さんが復唱した。

「ええ、以前ナッツがらみでトラブルが」森田さんはひげの先端をしごきたてた。「でも、もう解決はしてるんですよ。ちょっとすっきりしないところもありましたけど、すんだ話です。お気になさらず」

はて——つい首をひねってしまった。漫画家とナッツとトラブルと、まるで三題噺《さんだいばなし》である。この三つがどうかかわりあうというのか。

「ウチのオフィスにアレルギーもちの子がいるんですがね、私がおやつとして出したケーキで発症してしまって」森田さんはため息をついた。「その子はナッツ類——アーモンドとピーナッツがだめだったんです」

ああ——と一同は納得の声をあげた。つまり、森田さんはナッツ入りのケーキを出してしまったのだ。だからナッツの話題にのれなかったわけか。

「たいへんでしたねえ」歌村さんがいった。「その方は無事でしたか」

「ええ、さいわい症状は軽くて。だからもうすんだ話なんですよ」

失礼しました、忘れてください——と頭をさげかけたところで、森田さんはふと何事かを思いついたように、ふっと表情をほころばすといった。

「や、まってください。これはひょっとしたらみなさん向きのミステリかもしれない」

ミステリ？　ぼくたちは顔をみあわせた。

「いやね、スタッフを危険にさらした話なんで、おもしろがっちゃいけないんですが——不思議には違いない。不可解なアレルギーというか、推理小説風にいうなら、あるいはありえざるアレルギーの謎とでもいいますか」

「ありえざるアレルギー、ですか」福来さんはいった。「早口ことばみたいですね」

「気をもたせますね」伊佐山さんも身を乗り出した。「気になってきましたよ」

「デリケートな話みたいですけど」歌村さんも慎重な姿勢をとりつついった。「さしつかえなければ聞かせてもらってもいいですか」

「むしろ誰かに聞いてもらいたかったところです。なかなかおもしろい解決がつきましたんでね」森田さんはいった。「ご歓談の邪魔でなければですが」

かまわない、ぜひ、とコージーボーイズの面々は口々にいった。

「長くなりそうですね、飲み物をお代わりしましょう」

伊佐山さんが提案し、みな賛同する。

歌村さんがふりむいて手をあげると同時に茶畑さんがテーブルに近寄り、すばやく注文をとった。かつてはさる筋の家令だったとも噂される茶畑さんは、きょうもフォーマルなタイとシックなベストを隙《すき》なく着こなし、無駄な動きのない立ち居ふるまいがすがすがしい。杉のごとく背筋を伸ばしたそのたたずまいは名刹《めいさつ》の高僧のようだ。

めいめいに紅茶のお代わりが行き渡ったところで、森田さんはおもむろに体験談――ありえざるアレルギーの謎――を話しはじめた。


「ウチは私を含めて三人の零細でして」

森田さんは天井をみつめ、ときおりひげを撫でさすりながら語った。

「私、チーフアシスタントの鷹山《たかやま》くん、それにもうひとりのアシスタントの畑《はた》くんの三人でやっております。締切前には助っ人のアシスタントも呼んだりしますがね。自宅のリビングをスタジオにして、そこに机を三つ押し込めて細々やっています。

その日は朝から雨模様でした。朝の十時ごろにふたりがやってくるんで、それまでに朝食をとって、新聞を読んだりするのがルーティンなんですが、その日は朝から憂鬱《ゆううつ》でしたねえ。いま思えば、事件の予兆を感じていたのかも」

「憂鬱だったとは」福来さんがたずねた。

「鷹山くんと畑くんが、前日に大喧嘩《おおげんか》をやらかしまして」

森田さんは肩をすくめた。

「ここだけの話、ふたりとも少々性格にくせがあるというか、こうと決めるとゆずらない、がんこなタイプで。鷹山くんは基本的にさばさばしてるんですが――彼女はなんというか、他人のミスに厳しい面がある。畑くんも、センスはいいし、根はやさしい子だと思いますが、彼は彼でこだわりが強いというか、絵のリテイクを出されると殻《から》にこもるタイプで。や、それでも昔は特に仲が悪いわけでもなかったんですが、ここ半年くらいかな、気がつくといつの間にかよそよそしい感じになってしまって――。最近はひどくて、大人げない態度をとるんですよ。畑くんなんか、三日に一度は朝きても鷹山くんにおはようございますの一言さえなかったりするし。ふつうするでしょう、挨拶くらい」

語るうちに雇用主としての悩みが湧きおこってきたのか、森田さんはきょう一番のため息をついた。メンバーの中ではもっとも堅い企業に勤める歌村さんが「たいへんですね」と共感を寄せる。

「や、仕事を離れて飲みに誘うと、案外ふつうに会話してくれるんですがね。職場ではどうにもピリピリしがちで。そんなこんなであの日の前日、背景の直しを頼んだら、畑くんが我を通すように抵抗してね、それを鷹山くんが叱ったんです。たしかに畑くんの態度はほめられたものじゃないけど、鷹山くんの怒りようもどうかと思ったし、そこのシーンは何度も描きなおしてもらってましたから、彼の側に同情の余地もありました」

「なるほど、なるほど」歌村さんはうなずいた。勤め人ではない福来さんと伊佐山さんのふたりはぴんとこない顔をしている。

「それが前日の出来事でしたが、翌日になってもふたりともその空気をひきずったままで。もう、この雰囲気をどうおさめたものかと」

「なるほど憂鬱のわけはわかりましたが」福来さんがじれたようにいった。「それでアレルギーのほうは」

「や、失礼。どうも話が長くていけない――で、そうはいっても締切はふたりの機嫌《きげん》なんか気にしちゃくれません。ピリピリしたまま、みな仕事をはじめました。さっきもいいましたが、私のマンションがスタジオですから、まあ当然せまいんですよ。険悪なふたりが机を並べているような状態で――ご覧になりますか」

森田さんはふところからスマートフォンを取り出すと、マンションの一室の画像を映しだした。十畳ほどもあるリビングで、正面の窓に向かってデスクが二台、そのうちの一台と直角となる位置に大きめのデスクが一台置かれている。窓ぎわのデスクはいずれも雑然としており、かたや卓上スチーマーやリップクリームといった小物の林立する空間、かたやアニメキャラクターのフィギュアトイでうずもれる空間と、対照的な光景になっている。前者が鷹山さん、後者が畑くんのデスクなのだろうと見当がついた。せまいスタジオというものの、A4用紙の山と人間とであふれかえる小社の編集部よりよほどマシだが、この場でいうべき話でもないので口にはしない。

「このあいだ、連載五周年記念に撮った写真です」森田さんはいった。なるほど、中央に立つ森田さんを両脇から挟むように、三十がらみの女性とまだ学生のような青年が座っている。ふたりが鷹山さんと畑くんだろう。

鷹山さんは目の大きな、くっきりした面立《おもだ》ちの、ショートカットのにあう快活そうな女性である。一方の畑くんは、丸い顔の三分の二を隠すようなもっさりした髪の隙間から細い目を見せており――くたびれたパーカー姿ともあいまって、誠に失礼ながら少々陰気な印象を受ける。対照的なふたりといっていい。

「仲よさそうじゃないですか」伊佐山さんがいった。

「まあ、記念のときくらいは」森田さんはきょう三度目のため息をついた。

「とまあ、こんな環境です。気づまりだったのもわかるでしょう。お昼になっても、てんでに買ってきたコンビニ弁当をもそもそ食べるだけで会話もなくて。

なんとかしないと――と悩むうちに閃《ひらめ》きました。そうだ、冷蔵庫にあるお菓子を供したらどうだろう、と。結論からいえばこれが間違いだったのですが」

ここで森田さんは照れくさそうに頭をかいた。

「私、こうみえて菓子づくりが趣味でして。仕事のあいまにスイーツをこしらえたりしてるんです。自宅が仕事場ならではの気分転換ですかね。で、前日の夜に作ったロールケーキの残りがあったのを思い出しまして――卵と薄力粉《はくりきこ》、あとは砂糖とクリームしか使ってない、ほんとに簡単なやつですが、あれを出したら少しはなごむんじゃないか、と思って。ほんとは夜食に楽しむつもりでとっておいたんですが、あまりケチなこともいってはいられない。『おやつにしようよ』とふたりにいって、台所で切りわけました」

「喜んでもらえましたか」

福来さんの問いに対し、森田さんは首を横にふった。「それがねえ、鷹山くんは一応、わあ先生すごいと喜んでくれたんですが、背景の作画に難航してるからと、デスクの端に放置したまま口をつけてくれない。畑くんはというと、『ども』といって、つまらなそうにもそもそと三口くらいで呑み込んでしまった。しかも物足りなかったのか、食後にシリアルバーをかじりだしたしまつで。鷹山くんでなくても苛立《いらだ》ちましたよ」

森田さんはむくれた。

「要するに効果はゼロでした。がっかりしたところで――人の心配をしてる場合じゃないのを思い出しました。その日のうちに、読者プレゼント用の原画を郵送する約束になってたんです。いまはこの業界もデジタル化が進んでますが、原画ばかりはね。時計をみると五時前です。急げばぎりぎり郵便局の受付に間に合いそうでした。そこで準備して出かけようとしたのですが」

しゃべりつかれたようで、森田さんはお茶のカップを傾けた。

「虫が知らせたんですかね。ふたりだけ残すのが不安になったんです。でも出かけないわけにはゆかない。畑くんにお使いを頼んでもよかったけど、彼も忙しそうにしてましたし。仕方ないので、いい大人にかけることばでもないと思いましたが、『ちょっと郵便局に行ってくるけど、お互いほどほどに、仲よくね』と鷹山くんに耳打ちして出ました。外はひどい雨で。行って戻るまで二十分ほどかかりましたが、その間に事態は一変していました」

いよいよ核心らしい。かたずをのんで続きを待った。

「玄関に入ったところで、鷹山くんとばったり出くわしたんです。『センセイ、ちょっと調子がわるいんで、自販機で飲み物を買ってきますね』というんですが、顔をみて仰天《ぎょうてん》しました。まぶたと唇《くちびる》が真っ赤に腫《は》れてて、呼吸も苦しそうで。アレルギーだ！　すぐぴんときました。むかし彼女からアレルギーもちと聞いていたので――。実は私の親も甲殻類《こうかくるい》アレルギーで、そんな風になっているのもみてたんでわかりました」

　思い返すだにおそろしい、と森田さんはぶるっと身をふるわせた。

「彼女、調子がわるいとは感じてても、アレルギーだという自覚はなかったみたいで。玄関の姿見に向かわせると『なんで？』とびっくりしていました。それでも『救急に行こう』というと『そんな大げさな』と抵抗する。押し問答してると、騒ぎを聞きつけて奥から畑くんもやってきました。どうしたんすかと訊くから『タカちゃんがアレルギーだ』というとハッと口をおさえておどろいていましたが――すぐに通りに飛び出していってタクシーを停めたんです。それから私たちを引っ張って、有無《うむ》をいわさずタクシーに押し込んでね。乗ると即、車は病院へ直行です。あんまりてきぱきしてたんで、鷹山くんも抵抗する間がなかったという感じで。あのときばかりは感心しましたね」

　たしかに、人がアレルギーを起こしたと聞かされて、パニックにならずに対処できるとは大したものだ。

「さいわい症状は軽くて、待合室にいる間に腫れは引いていました。――けど、問題はここからです。ひととおり診察が終わったあとで医師に呼ばれ、『鷹山さん、たしかにアレルギーの症状を起こしてるようだけど』と切り出されましてね。あ、この人は彼女のかかりつけ医だったんですけどね、私をにらんでいうんですよ。『あなたケーキにナッツを使いましたか』と。ぽかんとしましたよ、だって、私は材料にナッツの類《たぐい》なんてひとかけも使っていない。ナッツオイルも、ナッツパウダーも使ってない。アレルギーの原因になるはずないんです」

森田さんはみなをみまわした。

「ところが医師の話では、鷹山くんは昼食をとってからケーキ以外なにも口にしてないと主張しているという。だとすると、私のケーキからなぜかアレルゲンが湧いて出てきたことになる——どうです、この謎が解けますか」

森田さんは長い話をしめくくった。

しばし円卓は沈黙に包まれる。

「たしかにミステリですね」伊佐山さんが評論家の顔つきになった。「不謹慎かもしれませんが——ちょうどさっきも話題に出ましたけど、ミステリには毒殺ものというジャンルがありまして」

「被害者が毒を飲まされたけど、どんなルートで毒を盛られたかがわからないってパターンのやつね」歌村さんが確認した。

「そうです、森田さんの話も、アレルゲンを毒ととらえればこのジャンルの一種といえる」

なるほど不謹慎だが、主張はわかる。

福来さんが挙手した。「ナッツを使わなかったというのはたしかですか」

「誓って」森田さんはうなずく。「念のため、帰宅してから材料の成分表を確かめました。ナッツ類を原料にした材料はなかった」

「スポンジだけじゃなくて、クリームの成分も確かめたんですね」重ねて福来さんはたずねる。「そちらも使われてなかったと」

「もちろん、スポンジにも、クリームにも、粉砂糖にも使われてません」

「ナッツが入っていたはずがないというのは、医者には伝えましたか」

「ええ、責任逃れをするようですが——正しい原因を突き止めないと、また同じ事故を起こしかねませんから」

もっともである。

「でも結局、真相はわかったんですよね」福来さんがたずねた。「こうして出題するからには」

「餅《もち》は餅屋でね、医者がうまい解決をつけてくれました」森田さんはうなずいた。「最初はやっぱり困ってましたがね、しばらく考えて、アレルゲンのルートをみつけてくれたんです。意外なルートでしたよ」

「謎を解くのに医学的な知識はいりますか」

「いりません。ナッツアレルギーは、ごく微量のアレルゲンでも発症することさえ知っていれば解けます」

　ふーむ！　こいつはなかなか難題だ。

「ふーむ」と福来さんもいった。「推理小説で生計を立てている身としては、挑戦に応じないわけにはゆきませんね。順に可能性を検討していきますか。——まず、鷹山さんが発症したのはほかのアレルギーだったというオチじゃないでしょうね」

「ほかのアレルギーって」伊佐山さんが口を挟む。

「リンゴとか、桃とかだよ。アレルギーならむかし調べたからくわしいよ。大人になって発症する場合は、医学的には口腔《こうくう》アレルギー症候群というタイプであるケースが多い。これはね、花粉症の発症と連動して起きる。花粉由来のアレルゲンと、そういう果物のアレルゲンとが似てるから体が勘違いするんだね。このケースでナッツアレルギーになった場合、リンゴや桃や苺《いちご》みたいなバラ科の果物でも発症する場合があるんだ。——伊佐山くん、だいじょうぶ？　ついてこれてるか？」

「大丈夫だよ、福さんこそよくつっかえずにいえたね、えらい、えらい」

　大人げないふたりをよそに、森田さんは淡々と首を横にふった。「まちがいなく原因はナッツです。材料は卵と薄力粉と砂糖とクリーム、それだけですから。夜中の手すさびですし、あまり手間のかかるケーキは私には作れません。福来さんの話は医者も検討してましたけどね。ああ、彼女が卵や小麦や牛乳のアレルギーをもってたわけでもないですよ」

「お昼ごはんはどうです。コンビニ弁当を買ってきたとの話ですが」

伊佐山さんが問うたが、違いますと森田さんはふたたび首を横にふった。

「昼食から発作までには三時間以上経過してましたから。食物アレルギーにもいろいろあるようですが、基本的にアレルゲン摂取から二時間以内には起きるそうです」

「実はサプリメントが原因だったとか」ぼくは閃きを口にした。「医者は『なにを食べたか』と訊いたんでしょう。ふつうの人はサプリを食べものの範疇《はんちゅう》に入れません、それが盲点だった」

いい線をついたと思ったが、三たび森田さんは首を横にふった。

「残念、サプリでも薬でもありません」

「わかった、リップクリームだ」歌村さんが指を鳴らしていった。「通販サイトで、マカダミアナッツ成分入りのリップクリームをみたことがあります。マカダミアもナッツの一種だし。さっきみせてもらった画像に写ってた、あのうちのひとつがそうだったんじゃないですか」

「ハズレです」森田さんは申し訳なさそうにいった。「医者も確認してましたが、鷹山くんが使ってるのはナッツ成分のないふつうのリップクリームだそうです」

「大前提をひっくり返すことになりますが、そもそもケーキ以外になにも食べていないという話を信じていいんでしょうか」伊佐山さんがおもむろに口を開いた。「森田さんの外出中に、ほかのものを食べていたのを黙ってたとか」

「なんでそんなうそをつくんです」ぼくはたずねた。

「そりゃ、自己管理のできないやつと思われたくないから」伊佐山さんは肩をすくめた。

「具体的になにかまでは思いつかないけど」

「なにを食べたにしても、ナッツを使っているなら原材料欄に記載がありますよね。それに気づかなかったというんですか」

「症状の軽い人って、変にアレルギーずれしてるからね。少しなら大丈夫と過信して、ちょこちょこつまんだりするんだよ」

　そんなものだろうか。

「や、むりでしょ」歌村さんが否定した。「森田さんの外出中にっていっても、同じ部屋には天敵の畑くんがいるんだし。そんなことを隠したところで、彼に『いや、なんか食べてましたよ』っていわれたらそれまでじゃない」

「彼の目にも入らないように食べてたのかも」

「そうまでしてこっそり食べなきゃならないものって、なに?」

　その問いに対する答えは用意していなかったらしく、伊佐山さんは黙り込んだ。

「いかがですか、伊佐山さんの説は」ぼくは森田さんにたずねた。

「残念ながら、正解ではありません」

こてんぱんにされた伊佐山さんはうめいて椅子に沈み込んだ。

なるほど、なかなかこの問題は難しい。

しばらく不気味に沈黙していた福来さんが、「そろそろぼくの出番かな」といってのっそりと身を乗り出した。

「きみたちはさ、なんで森田さんが長々とプロダクションの説明をしたのかをみのがしてるよ。この謎はね、あくまで推理問題として出されている点が重要なんだ」

「ほう」森田さんはおもしろがるような顔をした。

「畑くんがシリアルバーを食べてたという話がひっかかるんですよ。ひょっとして、ナッツ入りのやつだったんじゃありませんか」

「おお」と森田さんは嘆声《たんせい》をもらした。「そうです、おっしゃるとおり、ドライフルーツやナッツが練り込んであるやつでした」

森田さんはカロリーメイトなどと並んで有名なブランドの名をあげた。

「やはりね」福来さんは得意げにいった。「推理の筋道がつきました。結論をいうと、彼女のアレルギーは故意に引き起こされたものです。この事件、畑くんのしわざですね」

不意の「犯人」指名に、場がざわついた。故意に引き起こされたとはおだやかでない。

こちらの当惑をよそに、福来さんは余裕綽々《しゃくしゃく》でカップを傾けた。

「人を告発するには相応の根拠が必要だぞ」伊佐山さんがたしなめる。

「ありえないことをぜんぶ排除してしまえば、あとに残ったものが、どんなに、ありそう、も、な、い、こ、と、で、あ、っ、て、も、真実にほかならない」福来さんは得々と語った。シャーロック・ホームズの有名なことばだ。深町眞理子訳だな、と伊佐山さんがいう。

「昼食ではなく、間食もしてないなら、ケーキが原因というのが論理的帰結になります。ではアレルゲンはケーキのどこから湧いて出たか」

もったいをつけるように、ゆっくりとした口調で福来さんは続ける。

「少々メタ的な視点からの推理になるけどさ、この事件が鷹山さんだけの問題であるなら、森田さんはなにも長々と畑くんの話をさしはさまなくてもよかったんだ。逆にいえば、彼が謎のカギだと考えられる」

「推理法としてはずるいけど、まあいいだろ」伊佐山さんはいった。「で」

「ふたりは喧嘩中だった。思うに彼は、うるさい先輩に意趣返しをしようとしたんじゃないかな。終業後にみなで居酒屋に行ったりはしてるそうだから、そういう場で彼女のアレルギーを知ったとしてもおかしくはない。手元にはナッツ入りシリアルバーの袋がある、いたずらしてやれ——。そんな軽い気持ちでやってしまったんじゃないか。ちょっとした隙をねらって、袋に残っていたナッツのかけらをケーキにふりかけた——これが真相じゃないかな」

福来さんは黒ぶちめがねの奥で目を細め、自信たっぷりにしめくくったが——。

「いたずらねえ、さすがに悪質すぎないか」伊佐山さんがいった。

「こっそりふりかけたっていうけど、それは難しくない？」歌村さんも疑義を呈する。

「喧嘩してる最中の相手の隙をついて、手元のケーキにふりかけるって、福ちゃんがいうほど簡単じゃなさそうだけど」

「あと、メタ的に推理するなら、きみの説は森田さんがいうような『意外なルート』でもなんでもないだろ」伊佐山さんもたたみかけるようにいった。「ただの悪質ないたずらじゃないか」

次々に反論されてたじたじとなった福来さんは、裁可を仰《あお》ぐように森田さんをみた。

森田さんは気の毒そうにいった。

「残念ながら、不正解です」

福来さんは椅子に沈み込んだ。

「正直にいえば」森田さんは体を縮《ちぢ》めてうしろめたそうな顔をした。「実は私も畑くんを疑ったんです。彼のしわざじゃあるまいなと。でも、医師がみつけだしたルートはほかにあります」

ふーむ！　アレルゲンはどこからやってきたか。まことにやっかいな問題だ。

「なにかヒントは」知恵もつきたのか、とうとう福来さんが泣きついた。

「ヒントですか」困ったように森田さんは考え込んだが、やがてうなずいて、「ではこんなのはどうでしょう、医者が答えをみいだしたきっかけです。こんな質問をされましたよ――『森田さんは、朝はごはん党ですか』と」

みなはきょとんとした。ぼくもだった。わけがわからない。

「で、ごはん党なんですか」福来さんが素直にたずねた。

「パンとごはんと、半々ですね」

「そこから医師は答えにたどりついたんですか」当惑したように福来さんはつぶやいた。

「正直、混乱が深まりましたが」

同感だった。

森田さんがごはん党だからどうだというのか。ごはんを炊《た》こうが、パンを焼こうがどうだって――と、そこまで考えたところで閃きがおとずれた。

「わかりましたよ」

一同の視線がぼくに集まった。

「いじわるなヒントですね。うそはついてないけど、わざとわかりにくいいい方をして」

森田さんはいたずらのバレた子供のような顔をした。「とおっしゃいますと」

「ほんとは医師にこう訊かれたんじゃないですか――あなたは朝、パンを食べますかと」

森田さんは頭をかいた。「わかったみたいですね」

やはり——確信をえたぼくは、福来さんに向き直るといった。「先生の指摘はある意味正鵠《せいこく》を射てましたね」

「なんのこと」福来さんは首をひねる。

「この話が、推理問題として語られているという点です」

ぼくはカップを口に運んだ。

「ただ、先生はそこから先をまちがえたんです。ほんとうの手がかりは、自宅がスタジオでもあるので、結果として毎日、朝食をそこでとるという点にあった」

森田さんがおおと感嘆するような声をあげた。

「その日、森田先生がスタジオで、朝食にパンを食べたとしましょう——そのとき、パンのおともの定番、ピーナッツバターを塗って食べたとしたらどうでしょうか。ピーナッツの成分にまみれたナイフがスタジオに発生したことになります。そしてこのときに使ったのがバターナイフではなく、塗ったり切ったりにも使えるタイプの食卓用ナイフだったとしたら。その手のナイフならパンを切ったりペーストを塗ったり、いろいろ便利づかいできます。ケーキを切るのにもね」

みながはっとした表情を浮かべた。

「もちろん、ナイフは食後に洗うでしょう。でも洗浄が不徹底だったとしたらどうでしょうか。ピーナッツバターの成分がわずかでも残存していたら。そして——そのナイフでケーキを切りわけたとしたら」

「ピーナッツ成分がケーキに付着するわけか」福来さんがいう。

「でも、ほんのわずかだろ。それだけでアレルギーが引き起こされるかな」

伊佐山さんの問いにぼくは答えた。「アレルギーは微量でも発症します。だから食品メーカーも神経質になるわけで」

「ご名答」森田さんが手を打ち鳴らした。「すごいな、医者の解釈もまさにそうでしたよ。パンを食べたか、ピーナッツバターを使わなかったかと訊かれてね。問われるまでまったく意識していませんでしたが、そう訊かれると食べた気もする。そう答えると医者は椅子から立ち上がって『それだ！』と叫びましたよ。似たようなケースはたまにあるらしい」

森田さんは一同をみまわす。

「これが医者の出した、ありえざるアレルギーの答えです。ケーキはシロでも、結局私のミスだったわけですが——。や、ナイフをよく洗わなかっただけで、こんな危険なことが起きるとは参りましたよ。自分では几帳面《きちょうめん》なたちのつもりだったんですがね、自己認識はあてになりません。反省の意もこめて、とうぶんパンは食べないつもりです」

森田さんは頭をかくと、ふたたびぼくに向かって拍手をしてくれた。

「さすがはミステリのプロだ。医者が頭をひねってみつけたルートを簡単に見抜いてしまうんですから」

きょうは夏川くんにやられたか——福来さんがくやしそうにいう。みなの賞賛を浴び、いい気分だった。

今日は店長の出番はなかったね、と歌村さんはちょっと物足りなさそうにいった。前回——福来さんの窮地《きゅうち》を救ったときのような、快刀乱麻《かいとうらんま》を断つがごとき活躍をどこかで期待していたのかもしれない。「ま、先に答えをあてられちゃあね」

「なんだか、すみません」と歌村さんに頭をさげ、ぼくは茶畑さんのほうを向いた。しゃべりすぎてのどがかわいたのだ。

「すみません、お茶のお代わりをもらっても」といいかけて、はっとした。

カウンターの中で、茶畑さんが妙に困ったような表情を浮かべていたからだ。この顔には見覚えがある。福来さんの窮地のとき、犯人を知っているのではないかと問い詰められ、ごまかそうとしていたときの顔だ。この店長、うそをつくのだけは下手なのだ。

なにか知っているのか——。

「店長、だいたいの話は聞こえてたよね」

ぼくと同じように感じたのだろう、歌村さんが茶畑さんを問いただしはじめた。

「申し訳ありません、盗み聞きするようなまねをしてしまいまして」

「こっちが大声なのが悪いんだから、気にしないの」歌村さんはいった。「それより、なにか考えがあるの」

「はい、アレルギーとその対策という面で、飲食業として肝に銘ずべき話と思いました」

茶畑さんはいったが、いかにも歯切れのわるいものいいだった。

「いまの話に、気になるところでも」

森田さんもそれは感じとったようで、真剣な表情になっている。

「ほら、森田さんも気にしてるよ」

「そうだ、そうだ」

みなから口々に責めたてられ、それでもしばらくいい渋っていたが——三分後、とうとう茶畑さんは陥落した。観念した面持《おももち》でカウンターからやってくると、森田さんの傍《かたわ》らに立ち、静かに語りはじめる。

「気になりましたのは、さいしょに森田さまのおっしゃったことで」

森田さんは首をひねった。

「すっきりしないところもあるとおっしゃったでしょう。しかしお話をうかがったところ、アシスタントの方も軽症ですみ、不可解に思われた謎も解けています」茶畑さんはことばを切った。「なんのしこりもなく決着しているようですのに、すっきりしないというのはなぜでしょう」

はっとした。たしかに森田さんはすっきりしない——といって屈託のある顔つきをしていたのだ。

「もしかすると、まだなにか気がかりなことがあるのではないかと思いました。ひょっとして」茶畑さんは森田さんをみすえた。「医師の説明に納得できていないのではありませんか」

「なぜそう思います」森田さんはいった。

「先ほどからうかがっていますと、医師の考えを〝うまい解決をつけてくれた〟とか〝解釈〟といったことばで評されていますが、真相や真実ということばは使っておられません。思うに、どこかで医師の考えを全面的には信じきれないからではないかと」

森田さんはうなった。「まいった。実をいうとそうなんです」

「ナイフ説を信じてない？」福来さんが卓上に身を乗り出した。

「はじめは納得していました。でもあとになって考えるほどに釈然としなくなって」

「なぜ」

「その日、ピーナッツバターを塗った覚えがないんです」森田さんは首を横にふった。

「この年になると、朝食になにを食べたかなんて忘れてしまいますが――それでも頑張ればたいがいは思い出せるでしょう」

「まあ、そうですね。よほど前夜に深酒したとかでなければ」福来さんが同意する。

「ですがどんなに記憶をほりおこしても、ピーナッツバターを食べた記憶がない。それどころか、焼いただけのトーストをコーヒーで流し込んだような気がしてならないんです。締切間際にはろくなものを食べないので」

森田さんは嘆息《たんそく》した。

「もちろん、私の記憶違いだと思いますよ。これだけいろいろ検討したうえで、医者の見立てた診断ですからね。ほかに考えようがないんだし」

茶畑さんはうなずいていたが、最後の一言を聞いたとき、わずかにためらいの色が浮かんだのをぼくは見逃さなかった。

「店長、さてはアレルギーの謎も見当がついてますね」

茶畑さんは首を横にふったが、やはりうそをつくのは下手だった。ふたたび一同に責めたてられた茶畑さんは、「話半分に願います」と前置きすると、静かに語りだした。

「店に立って若いお客さま方の話を聞いていますと――二極化していると申しますか、何事もあけっぴろげなタイプと、逆に奥手なタイプとに分かれるようですね。恋仲になるとすぐにオープンにする方もいれば、周囲に一切明かさない向きもあるようです」

突然はじまった若者論にぼくらはぽかんとしてしまったが、そんな反応をよそに茶畑さんは淡々と続ける。

「そうした奥手なタイプのふたりが、職場の先輩、後輩という関係から恋仲に発展した場合どうなるか。上司に知られるのを恥じらって、ことさらなにもないように、つっけんどんにふるまったりしてもおかしくないように思います。

そうしているうちに森田さまも心配しはじめる。そうなるとおふたりからはますます切り出しにくくなったでしょうね。その場合、傍《はた》からはつんけんした間柄にみえたりもするでしょう」

ようやくなんの話をしているかわかった。

福来さんがたずねる。「それはアレか、鷹山さんと畑くんがカップルだといいたいの」

「もちろん本当に折り合いがよくないという可能性もあります。ただ、このような解釈もできるという話で」

森田さんはショックをうけたようだった。「ふたりがつきあってると」

「ありえませんか」

「や、断言はできませんが――しかし、あのふたりが」よほど動揺しているのか、額《ひたい》ににじんだ汗をぬぐった。「にわかには信じがたい」

「そのような解釈もできるというだけですから、鵜呑《うの》みになさらないよう」

茶畑さんは冷静である。

「ただし根拠がないわけでもありません。なんでも、アレルギーが発症したと聞かされた畑さんは、すぐにタクシーを停めておふたりを乗せたとか」

「ええ、それがなにか」

「お話では、乗り込むと同時にタクシーは病院へ向かったと——そのように聞こえましたが」

「そう、行き先は畑くんが伝えてくれてたんで」

「そこは鷹山さんのかかりつけ医だったのですよね」

「はあ、そうです」

「すると不思議ですね。畑さんは鷹山さんがかかりつけにしている病院を知っていたということになります。なぜ知っていたのでしょう？　相当仲のいい同僚だったとしても、かかりつけ医まで把握しているというのはかなり珍しくないでしょうか」

あっ、と一同は声をあげた。

「でも、お互いの家を行き来するような間柄だったなら」伊佐山さんがいう。「恋人のかかりつけ医を聞かされてても、おかしくはない」

「たしかに」と森田さんもうめき声をあげる。「いわれてみれば。なんで気づかなかったんだろう」

「もうひとつあります」茶畑さんはいった。「畑さんはしばしば鷹山さんに朝の挨拶をしないときがあったそうですが」

「ええ、社会人としていかがなものかと思うんですが」

「おっしゃるとおりですね。しかしこうも解釈できます。ふたりはすでに朝の挨拶をすましていたのだと。すでにすましているから、上司の前で挨拶をしてみせるのを忘れてしまったのだと」

　ひゃーっ、と福来さんが奇声をあげた。「それはつまり、どっちかがどっちかのおウチに泊まって、おはようの挨拶をしていたと」

「そのような可能性もございます」茶畑さんはうなずいた。

　森田さんはことばもないといった風に呆然《ぼうぜん》としている。「私の目は、節穴だったのかな」

「わかった、それはいいよ」福来さんがせっかちにうなずいた。「で、ふたりがつきあってるとして、アレルギーとどうかかわってくるの」

「一番気になった点を申しますと」茶畑さんは静かに続けた。「アレルギーを起こしたと聞かされて、畑さんはハッと口をおさえておどろいた、そうおっしゃっていましたね」

　森田さんは当惑したようにうなずいた。「ええ、それがなにか」

「なぜ、口をおさえたのでしょうか」

「えっ」

「なにか失言をしたわけでもない。反応としては妙ではないですか」

　森田さんの顔に当惑の色が広がった。「でも、たしかにおさえていた」

「お話を疑うわけではありません」茶畑さんは首を横にふった。「口をおさえたのには、なにか理由があるのではと思ったのです」

「理由、ですか」

「はい、失言をする以外で、人が口をおさえるのはどんなときか」そういって茶畑さんは福来さんをみた。「これは先ほど福来さまがヒントをくださいました」

福来さんがびっくりしたように自身を指さした。「ぼくが、なにか」

茶畑さんはにっこりわらった。

「これを申しますのは恐縮ですが――先ほどおひげにナッツのかけらをつけておられましたね」

福来さんの手が、ふたたび口もとをさまよった。

「人間、口になにかついているといわれたら、とっさに口もとに手をやってしまうでしょう。そして付着しているものをぬぐいとろうとするでしょう」

たしかに、あのときの福来さんもそうだった。

「鷹山さんがアレルギーと聞かされた畑さんも、とっさに自分の口になにかがついていると思ったのではないでしょうか。だから思わず手をやった」

福来さんは口もとをおさえてたずねた。「なにかがついてるって、なにが」

「畑さんはナッツ入りのシリアルバーを食べていたのですね。ならばナッツの破片が口についたでしょう。畑さんは、これこそがアレルギーの原因だと察したのではないでしようか」

「わかった」伊佐山さんがさけんだ。「つまり、ふたりは」

歌村さんがあとを引きとっていった。「私もわかったよ。ふたりは森田さんのいない間にこっそり――キスしてたんだ」

「人さまの恋路を穿鑿《せんさく》するのは心ぐるしいですが、それが答えかと思います」茶畑さんはうなずいた。「ナッツアレルギーはごく微量でも起きるようですね。聞きかじりで恐縮ですが、カナダではアレルギー体質の女性がピーナッツバターを食べていた恋人とキスしたために、ショックを起こして亡くなる事故があったそうです」

痛ましそうに首をふった。

「それに近いことが起きたのかもしれません。口移しでアレルゲンを摂取させてしまうとはふつうは思いつかないでしょうから、畑さんも油断したのでしょう。鷹山さんがアレルギーを起こしたと聞いて、ようやく自分のうかつな行為に気づいたのではないでしょうか」

森田さんは唖然《あぜん》としていたが、やがて渋い表情になって、

「それは、真相に気づいているのに黙ってたってことですか。ひどいな、正直にいってくれればよかったのに」

「ぼくも同感だな」福来さんも非難がましくいった。「そのせいで森田さんに濡《ぬ》れ衣《ぎぬ》を

着せたというのは、どうもね」

「そりゃいえないよ」と歌村さんはふたりの肩をもった。「交際を隠すようなカップルならね。ましてこんな大騒動になったりしたら、いい出せないって」

「おふたりを責めるのは酷かと私も思います」茶畑さんもうなずいた。「仕事中に——なんといいますか、いちゃついていたというのはやはりそうほめられた話ではありませんから。ついいいそびれたのかと」

伊佐山さんは評論家の顔つきになった。

「なるほど、毒殺トリックの話かと思いきや、人間関係の錯誤が焦点のパターンだったか。それこそクリスティでいえば『杉の柩』か、それとも——」

ひとりぶつぶつとつぶやいている。

森田さんは納得できないようだった。

「鷹山くんは医者にもうそをついたってわけですか。医者にシリアルバーの話をしなかったというのは」

「鷹山さん自身は、しばらくキスが原因と気づかなかったのかもしれません」茶畑さんはふたりのフォローを重ねた。「医者が原因を探るまで、材料にナッツを使っていないと知っていたのは森田さまだけです。それを知らなければ、ふつうはケーキが原因と考えるでしょう。わざわざほかの可能性を探りはしないかと」

「それはまあ、そうかな」

「森田さまに罪をなすりつけようとする魂胆《こんたん》があったわけではないと思います。ケーキが原因のはずがないと聞いて、彼女もおどろいたのではないでしょうか。おそらく畑さんは、シリアルバーに気づいた時点で鷹山さんに伝えたかったと思いますが、一刻も早く病院に向かわせたくてそのタイミングを逸したのでしょう。もちろん、メールなどでも連絡したでしょうが――診察中の鷹山さんは気づかなかったものかと。早くに気づいていれば、話がややこしくならないよう、自分がうっかりナッツ入りシリアルバーを食べたことにもできたでしょうが、わかったときにはすでに医者に話したあとだった。結果として、森田さまのケーキに疑いがかかることになったという流れだったのではないでしょうか。決して悪意があったわけではないと思いますよ」

その説明で、憤慨《ふんがい》していた森田さんも気持ちが落ち着いたようだった。

「しかしなあ、カップルがいちゃつきたがるのもわかるけど」福来さんは腕を組んでうなった。「なにも、ちょっと上司が席を外した隙にまでやらんでも」

「それは森田さまのことばも影響したかもしれませんね」

めずらしく、茶畑さんはいたずらっぽい表情をした。

「私が、なにか」

おどろいたようにいう森田さんに茶畑さんは答えた。

「お互いほどほどに、仲よくね、と鷹山さんにおっしゃったのでしょう。お気づかいからの忠告でしょうが、交際を隠しているふたりからすると、森田さまのおことばがおかしく聞こえたのかもしれません。『仲よくしろだって』と笑いあううちに、気分が盛り上がって――という流れになっても不自然ではないかと思います」

「なるほどねえ」

感に堪《た》えないといった面持ちで茶畑さんをみつめると、森田さんは椅子にもたれかかり、それから深いため息をもらした。

「森田さん、お腹立ちはわかるけど、ここは若い人を祝福してあげましょうか」

伊佐山さんがいった。

「や、怒ってるわけじゃなくて」

森田さんは苦笑した。

「ただ、感慨深いというか――私のいないところでいちゃつくような仲だったかと思うと。鷹山くんと、まさかあの畑くんが」

ほほえましさ半分、寂しさ半分といった表情を森田さんは浮かべ、遠くをみるような目つきで店の白い天井をみつめた。

「想像をたくましくしすぎました」茶畑さんはあわてたようにいった。「繰り返しますが、あくまで推測にすぎません。鵜呑みになさらないよう。ただ、ナイフ以外の解釈もできると申し上げたかっただけで」

「いや——すっきりしました」

森田さんは晴れ晴れとした顔をしていった。

「いくら記憶をさぐっても心当たりがないから、自分が信じられなくなってたんです。そこまで耄碌《もうろく》したかと——安心しましたよ」

そして茶畑さんに頭をさげるといった。

「しかしまあ、この件は下手につつくと変にぎくしゃくしそうだし、ふたりの恋路のためには、いままでどおりなにも気づいていないふりを続けるのがよさそうですな」

「私も、それがよろしいかと思います。時期がくれば、自然とおふたりからお話しいただける日もこようかと存じます」

茶畑さんはいった。


アイザック・アシモフ『黒後家蜘蛛《くろごけぐも》の会』の流儀にならい、本作のネタ元を明かしますと、核心となるアイデアは〈パラサイト 半地下の家族〉を観ていて思いつきました。ご覧になった方はぴんときたでしょう。そう、あの印象的な桃アレルギーをめぐる攻防です。つまり本作に登場するナッツアレルギーの女性は、元は桃アレルギーという設定だったのです。

それがなぜナッツになったかというと、桃の果汁程度でこの事件のような現象が起きるかどうかわからなかったから。検索しても、資料を読んでもわからない。偶然、義兄《ぎけい》が桃アレルギーだったのでたずねてみるも「経験なし」とのことで、ことはアレルギー、「じゃ、食べてみてください」というわけにはゆきません。やむなく別のアレルギーをあれこれ調べてみたところ、解決編で言及した事例にたどりつき、今の形に落ち着いたのでした。

――と、ここで終わっては寂しいので『黒後家』がらみでもう少し。

『黒後家』のあとがき名物といえば、やはり各話の題名をめぐるあれこれではないでしょうか。この作品は『ＥＱＭＭ』誌に○○なる題名で掲載されたけど、私のつけた題のほうがいいので単行本では元に戻した――といった、作者アシモフのぼやきともいやみともつかないものです。

そこで題名にちなんだ話をしますと、作中で福来氏が「ありえざるアレルギー」というフレーズは早口ことばみたいだ、と述べるくだりがありますが、これは筆者自身の偽らざる実感です。筆者の滑舌《かつぜつ》がわるいというのもありますが、実際に口に出してみると、何回やっても舌がもつれて噛みそうになる。

はたしてこんなややこしいフレーズを題名につけてよいものかどうか悩みましたが、お話の内容はよくあらわしているし、「ありえざる」といういかにも不可能興味を感じさせる一言にも魅力がありました。だいいち、早口ことばのような題名というのは正直、おもしろい。

そこで少々ひやひやしつつ、提出しました。

なお『黒後家』のあとがきですが、創元推理文庫の一巻から五巻までに収録された計六十話分のうち、じつに全体の四分の一にあたる十五のあとがきが、なんらかの形で題名に言及したものだったりします。アシモフの鉄板ネタだったのでしょうね。

なお、作中で言及した『ピーナッツバター殺人事件』は、高級老人ホームを舞台にした〈海の上のカムデン騒動記〉シリーズの第四作です。タイトルから、てっきりピーナッツバターに仕込まれた毒による殺人事件かと思いきや、じつはピーナッツバターそのものは出てこなかったりします。ではなぜこんなタイトルかというと——答えは同書をお読みください。老人探偵団が、列車に轢《ひ》かれて死んだ男の謎に挑みます。

『杉の柩』はアガサ・クリスティが一九四〇年に発表した、エルキュール・ポワロものの長編です。『オリエント急行の殺人』『そして誰もいなくなった』などの超メジャー級作品に比べて知名度は劣りますが、味わい深い佳品としてファンの間で根強い支持を得ています。毒殺の容疑をかけられて法廷に立つ主人公の肖像が鮮烈で、ポワロの推理も冴えている。お薦めの一作です。

コージーボーイズ、
あるいはコーギー犬とトリカブトの謎

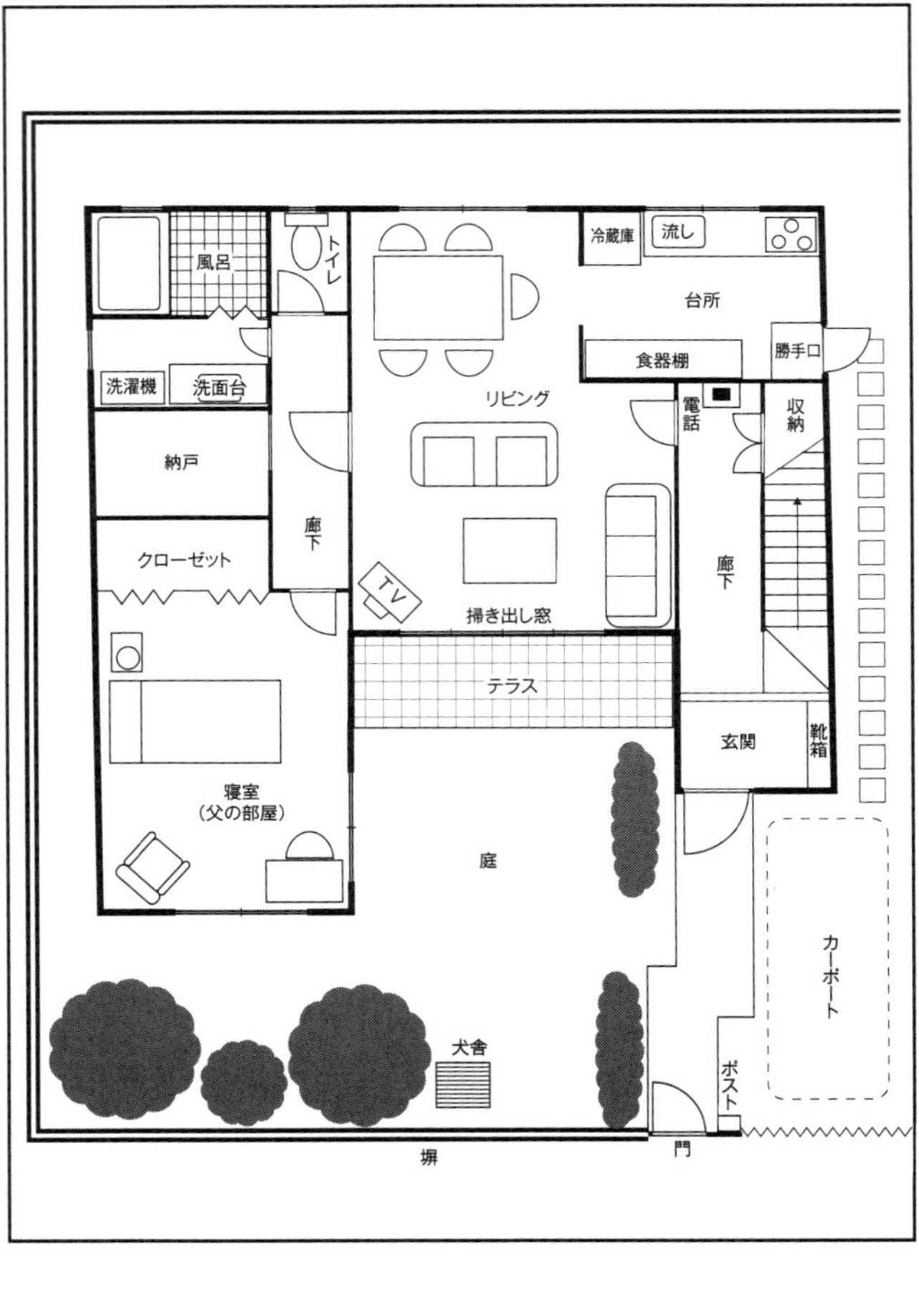

風呂
トイレ
冷蔵庫
流し
台所
勝手口
食器棚
洗濯機
洗面台
リビング
電話
収納
納戸
廊下
クローゼット
TV
掃き出し窓
廊下
テラス
玄関
靴箱
寝室
（父の部屋）
庭
カーポート
犬舎
ポスト
塀
門

「リュウが死んで、もう三十年になるんですよ」

カウンターに腰かけたご婦人が、やわらかな声音で店長の茶畑《ちゃばたけ》さんに語りかけた。うすく紫がかった銀髪にスカーフといういでたちの、姿勢のよいご婦人である。

「でも、犯人はわからないままで」

犯人？

奥の円卓を囲んでいたぼくたちは、そっと顔をみあわせた。

五月の末、カフェ〈アンブル〉では《コージーボーイズの集《つど》い》が催《もよお》されていた。《コージーボーイズの集い》——古書店とカフェの町、荻窪に出版関係者が集まり、ミステリ談義に花を咲かせる会である。集いの長にして同人誌『COZY』の主幹たる歌《うた》村《むら》ゆかり、作家の福来晶一《ふくらいしょういち》、評論家兼古書店主の伊佐山春嶽《いさやましゅんがく》、そしてぼく夏川《なつかわ》ツカサのような編集者と、それぞれにミステリに携《たずさ》わる面々が集まって、なんとはなしの四方山《よもやま》話《ばなし》に興じている。ルールは二つ、作品の悪くちは大いにやるべし、しかし人の悪くちはいってはならない。もっとも後者の誓いはたいてい破られる。

新刊時評という名の悪くち大会が一段落し――詳細は秘す――みなが飲み物に口をつけたところで、この謎めいたせりふが聞こえてきたのだった。

「キイタカ?」「キイタ」「ハンニンガワカラナイトカ、ドウトカ」

といったようなやりとりを目顔で交わしあった。ミステリ好きとしては気になるけれど、盗み聞きは気がとがめる。そんなぼくらの葛藤をよそに茶畑さんはいつもどおりの顔で相槌《あいづち》をうちながら、「お待たせしました」と紅茶をご婦人に差し出した。瘦身《そうしん》にして涼やかな面立《おもだ》ち、乱れなき銀髪の茶畑さんは、きょうもフォーマルなベストをすっきりと着こなし、立ち居ふるまいもすがすがしい。

その様をみてぼくらもわれに返った。やはり盗み聞きなどすべきではない。以心伝心というやつで、うしろ髪を引かれつつもみなが次の話題を探しだしたところで――救いの手はやってきた。

「福来先生じゃありませんか」

カウンターのご婦人がふりむいて話しかけてきたのだ。いきなり呼ばれた福来さんは、黒ぶちめがねの奥で目を白黒させる。

「ほら、S社のパーティでご一緒したでしょ」

「や、春野《はるの》先生、これはめずらしいところで」福来さんは破顔すると、ぼくらに向き直った。「こちら、春野すみか先生だよ。『西荻すみっこ日記』の」

ああ、と誰からともなく声があがった。

春野すみか――Z大学の国文学科で教鞭《きょうべん》をとるかたわら、地元の西荻窪を舞台にした軽妙なエッセイで知られる教授である。破傷風で死にかけた話、駐車がヘタすぎて父親を轢殺《れきさつ》しそうになった話、兄がバブルの崩壊で破産してマカオに逃げた話――などなど、のどかな書名とは裏腹なエピソードが人気だ。ミステリもたしなむ方で、小社の雑誌にもかつてコラムをご寄稿いただいていたはず。あわてて名刺を取り出し、他の面々もそれぞれに自己紹介をした。

「プロのみなさんが、推理小説を語りあう会ですか」

集まりの趣旨を聞き、先生はおもしろがるような顔をした。

「単なる悪くち会です」会を代表して、歌村さんが苦笑しながら答えた。「この店にはよくいらっしゃるんですか」

「たまにね、ところで」先生は軽くにらむような目つきをした。「こっちの話を聞いてたでしょ」

図星である。ぼくたちはうろたえた。「失礼しました、つい出来心で」と福来さんはよけいないいわけを重ねる。

「こちらこそ、大声でごめんなさい」先生も苦笑する。「大学でもすみかじゃなくて、スピーカーだってよばれてるんですよ」

おっしゃるほど大音量でもないが、よくとおる声をお持ちなのはたしかだ。

「あのね、推理小説みたいな殺人事件の話じゃないの。犬なんです」

ははあ、と声があがる。リュウというのは犬の名前だったか。「ぼくらまたてっきり、人殺しの話かと」と福来さんがいわずもがなの発言をしたが――しかし「犯人」とは？

そこで先生の顔に愁《うれ》いが差した。「ひどい話でね、誰かが飼い犬に毒を食べさせたんです。でも犯人はわからずじまい。人懐《ひとなつ》っこくていい子だったのに」

毒！

みながどよめく中、先生は続ける。「ただ、犯人はわからないといっても見当はついてるの。どうもリカの――妹のしわざらしくて」

場が静まり返った。

福来さんがおずおずとたずねる。「ご家族がですか？　それはなにか証拠でも」

「確証はないんです。でもリュウをねたんでたのはたしかなの。それに、毒を与える機会もあったし」

「はあ」

「それ以来、あの子とはずっと疎遠で」

ぼくたちは顔をみあわせる。どうも深刻な話になってきた。

「ごめんなさい、しめっぽくて。もうよしますね」

「とんでもない」歌村さんがいった。「こちらこそ立ち入りすぎました」

「いいの、昔の話だから」さっぱりした口ぶりだったが、目は愁いの色を深めていた。

「ただ、近ごろ不安なのね。いまさらだけど、犯人と決めつけてよかったのかなって」

「はあ」

「おばあちゃんになると、肉親も減って気弱になるのかもね」自嘲《じちょう》ぎみに嘆息《たんそく》する。

「誤解だったのなら、本当に謝りたいけど」

沈黙が降りた。みな、なんといったらよいかわからないようだったが、やがて腕組みをしていた福来さんが口を開いた。「先生は、妹さんが犯人だと思っているわけですね」

「ええ」

「しかし一方で、妹さんが無実ならよいなとも思っている」

「そうですね」

「つまり、先生はこの事件をみなおしたいわけだ。ちがいますか」

先生はうなずいた。「でもいまさらねえ、三十年ちかくも前の話だし」

「どうだろ、お役に立てないかな」福来さんがみなの顔をみまわした。「本当に妹さんが犯人だったのか、改めて考える価値はあるかもしれない。先生、よろしかったらお話しいただけませんか。第三者の目を入れたら、案外、ほかの可能性がみえてくるかも」

話を聞くうちに義侠心《ぎきようしん》めいたものに突き動かされはじめたらしい。福来さんは胸を張った。「こうみえて実績がありましてね」

「はあ」先生はきょとんとしている。「実績ですか」

「少々、謎解きに成功した経験があるんです」伊佐山さんが補った。「福来くんはちょっと、しょいすぎですが」

それもみんな店長の手柄だしねえ、と歌村さんもつぶやく。

先生は遠慮がちにぼくらをみわたした。「誰にも相談できなくて、ずっとモヤモヤしてたから、聞いてもらえたらうれしいけど。でも、愉快な話じゃないから、みなさんにわるいような」

「先生さえよければ、ぜひ」

福来さんが隣から椅子をひき寄せてくると、先生はその席に移り――コーギー犬と毒にまつわる謎を語りはじめた。

「どこから話しましょう――そうだ、写真をみせますね」先生は鞄《かばん》からｉＰａｄを取り出し、画面をタップした。「昔撮ったのをデジタルにしたやつだから、画質はいまいちだけど」

ぽっちゃりとしたコーギー犬が映しだされた。芝の上で、前足を揃えて腹ばいになった姿をおさめたものである。つぶらな目でみあげる様が愛らしい。

「このとき五歳かな、やんちゃな子で」

目を細めつつ、次々と写真を表示していった。芝生で寝転ぶ姿、いまよりお若い先生と戯《たわむ》れる瞬間など、ほほえましいシーンが続く。

やがて、かがんでリュウくんの首に手を回す男性が映しだされた。銀髪をうしろに撫《な》でつけた年配の紳士で、昔風にいえば渋いロマンスグレーの典型だ。さらに画面が切り替わる。ロマンスグレー氏がリュウくんにじゃれつかれ破顔しているところを、めがねの小柄な女性が眺めている。はしゃぐひとりと一匹を、どこか遠巻きにみている風でもある。また画面が切り替わった。ロマンスグレー氏と最前の女性が、芝生でかしこまるリュウくんを挟んで立っている。女性は緊張ぎみなのか、こちらをじっとみすえるような目つきだ。

「父とリカです」

思わず画面にみいった。ふたりとも、品のいい面立ちには先生と通じるところがある。

「お父さま、素敵ですね」と歌村さんがいうと、みてくれだけよ、実際は小心者でね、と先生は苦笑し、ｉＰａｄをしまった。たしかにエッセイが伝える家庭人としての姿は、初めての店にひとりで入れなかったり、台所でつまみぐいをしてシラをきったりと、紳士的とはいいがたいエピソードも目立つ。

「父は引退してから、ハードボイルドにはまってね。リュウ・アーチャーって探偵がいるでしょ。名前はそこから」

ほう、と誰からともなく声があがる。お父さまはさる素封家《そほうか》の生まれで、財界でも名を成した方だったはず。老後の趣味としては、なかなかに渋い。

「リュウを飼いはじめたきっかけも、父でね。リカが就職して――獣医師になったんですけど――家を出たら父が寂しがって。せめて犬でも飼いたいと」

といっても、私と同居してるんだから失礼な話だけど、と先生はまた苦笑した。

「リュウはよくなついてくれました。父もうれしがって『天使だねえ』なんて、柄《がら》にもないせりふをいったりして。それで落ち着いたのか、むやみにリカを恋しがりはしなくなりました。それまでは毎週のように、次はいつ帰るんだ、顔を出しなさいと電話してたのに。リュウがきてからはぴたっとなくなって」

「いつまでも子離れできないのはよくないですからね」したり顔で福来さんは口を挟む。

「ええ、だからほっとしてたんだけど。――ただ、いま思うと、リカはつらかったかも」

「電話のないのが、ですか」

「リカは昔からちょっとズレてる子で」先生の顔に影が差した。「周りと合わせるのが苦手というか、このとき勤めてた病院にもなじめてなかったみたい。そういうのって、なんとなくわかるでしょう?」

「お父さまとは仲がよかったんですね」

「あの子がいちばん心を許してたのが父でしたねえ」

しんみりとした空気になる。

暗い話をしちゃってごめんなさいね、といいつつ先生は続けた。

「六月のことでした。変に暑い日だったのを覚えてます。お客も多くてね、まず午後になって、兄の一志《かずし》がふらっとやってきました」

一志さん――エッセイでおなじみの名前をあげた。

「自由人でねえ、吉祥寺で輸入家具の会社を経営してたんですが、事業主で自由がきくのをいいことに、よく父のところにおしゃべりしにきてました」

「マカオのお兄さまですね」福来さんが口を挟む。「『すみっこ日記』でそのあたりはかねがね」

「福ちゃん、黙って聞きなさい」歌村さんがいった。

「このころはもう会社も切羽詰《せっぱつ》まってたはずなんですけどねえ。なにを考えてたんだか。父は父で暇だから、リュウのいないうちは歓迎してたけど」

とにかくもう、のんきな兄で、と先生はぼやきつつため息をつく。

「それからリカも帰ってきたけど、びっくりしましたよ、いきなりおはぎの詰まったタッパーをつき出して『作ったの、パパ好きでしょ』というんだから」

「なにか問題でも」歌村さんが首をひねる。「たしかにちょっと季節外れですけど」

「家では料理なんてしない子でしたから。本人いわく、ひとり暮らしをはじめてから料理に目覚めたらしくて、『たまには親孝行したいしね』と殊勝《しゅしょう》なことをいってましたけどね。そこで六月におはぎをもってくるあたりがやっぱりズレてて——。でもまあ『じゃ、おやつに食べよう』となって、それからリビングに集まって四方山話をしました。父はこんなときでもリュウの話でね。体重が何キロになったとか、なにを食べたとかを嬉々《きき》として。しまいには一志も『リュウのことはもういいよ』とうんざりしちゃって。それからリカと、獣医師の仕事はどうだとか、そんな話をしてました。リカはわが道をゆくというか、ウチは文系の家系なのに、あの子だけは理系に進んだのが昔から不思議で。リカはやっぱりちょっと違うね、なんていっていたんですけど」

先ほどの写真がなんとなしに思い起こされた。みなを一歩引いたところでジッと観察するような——いや、これは偏見かも——。

「ちゃんとやれてるよ、とリカはいいましたけど、いま思うと歯切れがよくなかった。やっぱりあまり触れられたくなかったんでしょうね」

先生は後悔するような目つきをし、首を横にふって続けた。

「しばらくすると、父は疲れたといって自室に引き上げました。暑い日でしたしね。春に心臓をわるくしてから引きこもりがちだったし。話が途切れたところで、庭で寝ていたリュウがやってきました。あ、リビングと庭は掃き出し窓で繋《つな》がってるんですよ。ガラスにへばりついて、開けろと吠えたてたてきて。騒がしい子でねえ、塀の外を通りがかっただけの人に吠えたり、四六時中、キャンキャンと」

「犬猫にも性格がありますからね」福来さんがうなずいた。「ウチで飼っていた猫も落ち着きがなくて」

「黙って聞きなさいというのに」歌村さんがいった。

「あんまりうるさいんで、窓を開けてしばらく構ってあげました。この子また太ったねとか、パパのせいだとか、他愛もないおしゃべりをしてたんですけど」

先生は紅茶に口をつけた。

「そこでリカがいったんです。『パパ、最近どうしてるの』と。『みてのとおりだよ、リュウがきてから楽しそう』というと、『やっぱり、そうなんだ』と暗い顔をしました。いま思うと、これがきっかけだったのかも」そこで先生はみなをみまわした。「こんなペースで大丈夫ですか」

ぼくたちはうなずいた。先生の話は細部までゆきとどいていてイメージしやすい。そういうと先生はほっとしたように続ける。

「そしていうんです。リュウがいれば、パパは平気なんだね――と。冗談っぽい口ぶりでしたけど、変な気分になりましたよ。さっきからなにがいいたいんだろうと。そのときは、もしかして嫉妬《しっと》してるのかな、くらいにしか思わなかったけど」

たしかに、不穏な気配を感じなくもないせりふだ。

「三時になって、おやつの支度をしました。形は少し不揃いだったけど、ちゃんとしたおはぎになってましたよ」あの子なりにがんばったのよね、と先生はぽつりといい添えた。「小皿にわけてみなに配りました。『父さんにはぼくがもってくよ』と兄がリビングを出たところで、電話がかかってきたんです。昔だから携帯じゃなくて、家の固定電話ですよ。あわてて廊下に出ました。つまりこの間、リカはひとりきりでした」

念を押すように先生はみなをみまわした。

「話しおえたところに、兄が戻ってきました。『食欲ないみたいだ。心臓やって弱ったなあ』といってたな。それからまた少し雑談して、ふたりはいっしょに帰りました。やれやれ静かになった、と思ったところでふと、気づきました。静かすぎたんです」

みな相槌をうつのも忘れて――福来さんでさえも――聞きいっていた。

「リュウの声がしなかったんですよ。いつもならお腹すいた！　と騒ぎだすころなのに。胸騒ぎがして庭に出ると――リュウは奥の木陰にいました。ぐったり臥《ふ》せって。私をみると立ちましたが、脚が痙攣《けいれん》しているんです。それから突然、吐きはじめて。

食中毒だ！　と思いました。暑さでエサが傷んでたんだと。『どうした』と父が窓から顔を出したけど、相手をする暇もありません。病院へ直行しましたが」先生はことばを切った。「搬送先《はんそう》で息をひきとりました」

わかっていた結末とはいえ、つらいものがある。重たい空気が円卓を包んだ。

「問題はここからです。搬送先のお医者さまがね、たまねぎを食べさせなかったかというんです。いいえというと、チョコレートはという。なぜかと訊くと、『脚の痙攣というのが気になって。細菌性の食中毒より、たまねぎかチョコレートの症状っぽい感じがして』というんです」

「たまねぎ?」ぼくは首をかしげた。

「犬はたまねぎで中毒を起こすんだ。あと、チョコレートでもね」福来さんが得意げにいった。「常識だぜ」

「キシリトールなんかもだめよね」歌村さんも加わる。

「お医者さまもそういってました」先生もうなずく。「心当たりがないというと、『なら、除草剤か殺虫剤を食べたか』というんです。まさか、といいました。飼いはじめのとき、リカが家族みんなに申し渡したんですよ。いまいったものは、犬には猛毒だから気をつけろと。なのでリュウからは遠ざけてたし、農薬の類《たぐい》も使わずにいたんです。するといわれました。『犬嫌会のしわざかも』と」

「ケンケンカイ?」

今度は福来さんが首をかしげた。

「世間には、犬猫が嫌いで駆除したがる人がいるらしくて。まさかと思ったけど、信頼できる獣医さんでしたし、とうとう吐物《とぶつ》を調べてもらうことになって。――とんでもない結果が出ました。おはぎのほか、アコニチンが検出されたんです」

「アコ――なんですって」

「アコニチン。トリカブトに含まれる毒です」

「トリカブト！」

毒も毒、子供でも知っている凶悪なやつではないか。

「トリカブトって、きれいな花が咲くんで園芸店でも売ってるそうですけど、ウチには植えてませんでした」

「つまり、悪意をもって与えた人がいると――おはぎに仕込んで」

歌村さんのことばに先生はうなずいた。

「そこでおかしな点に気づいたんです。お医者さまは警察に届けるかといいましたが、待ってほしいと頼みました」

「なぜです」

「リュウが吠えなかったからです」先生はいった。「リカたちが帰ってから、まったく声を聞いてなかったんですよ。いつもは外を人が通るだけで騒ぐのに」

「そうか、不審者がきたなら吠えたはず」福来さんがいった。「すると外からエサを投げ込んだやつはいなかった理屈になる」

「そうなんです！　で、すっかり忘れてたけど、塀に防犯カメラをつけてあるのを思い出しました。すぐに確認しましたけど」先生は首を横にふった。「やっぱり、あやしい人は映ってませんでした」

「それに外部犯が毒入りおはぎを投げ込んだとすると、犯人の用意したエサとリカさんのお土産《みやげ》が、偶然に一致したことになりますしね」歌村さんが指摘した。「可能性としては低い」

「すると邸内にいた誰かです。——リカの顔が浮かびました。『リュウがいれば、パパは平気なんだね』といっていた顔が。ひょっとして、リュウがいなくなれば、また父の心を取り戻せると思ったんじゃないか、と」

「よくある話です」福来さんがうなずいた。「ずっと帰省しないでいたら、いつの間にかペットに立場をとってかわられているというね。うちもそうで」

「福さんちの事情はどうでもいいけど」伊佐山さんがいった。「それが動機だと」

「まさかとは思いました。さすがにそんな理由で毒まで盛るかと。でも獣医師なら、動物に対する毒の加減にもくわしいでしょうし、急におはぎを作ってきたのもあやしい。考えるほどにあやしく思えて」

「別の可能性はなかったんでしょうか」伊佐山さんがいいにくそうに指摘した。「その、おウチにいらした方で」

「父は論外です。いちばんかわいがってた人でしたから」

「お兄さまはどうです」

「兄にも理由がありません」先生はかぶりをふった。「結局、リカにも食中毒だといって、みなには本当の死因を伝えませんでした。父にショックを与えたくなかったんです」

先生はため息をついた。

「それでもがっくりきてました。あんなにかわいがってたのに、一切リュウの名前をいわなくなって。話題も避けるという感じで」

それもまた極端だが、「なるほど、反動というやつですね」と福来さんは納得する。

「そんなときでした。一週間して、突然またリカがやってきたんです。『リュウのお墓参りにきた』といって。びっくりしました」

先生は首を横にふった。

「リュウは庭の隅に埋めてあげたんですが――案内すると、リカはいうんです。『気の毒だったね。この季節、ウチの病院でも食中毒は多いよ』と。そうなの、としかいえません。『パパの顔もみたいな。どこかに出かけてるの』『病院だけど』そんな会話をしました。『パパ、調子わるいの？　姉さんもやせたし。ちゃんと食べてないでしょ』というので、『パパは定期健診。そっちこそ病院はいいの』と訊くと『大丈夫、きょうはお休み』とだけリカはいいました。気まずい空気になったところで、なにげなくリカがつぶやいたんです。『あたし、こっちから仕事に通ってもいいよ。人手があればなにかと助かるよね』と」

ぞくっとした。

みなもまた、はっと息をのむ。

「やっぱりそうだったんだ、と思いました。父を奪ったリュウが許せなくて毒を盛ったんだ。また元どおりの家族に戻りたがってるんだと――『結構です。あなたがいなくても大丈夫だから』思わず、そう答えていました。

『そう』とだけ、リカがいったのを覚えています。傷ついたようでした。でも、それも嫉妬のせいかと思うと、もうなにもいえません。――父を待たずにリカは帰りました。で、めったに電話もかけてこなくなって、それから疎遠なまま」

先生はため息をつき、みなを不安げにみまわした。

「というわけなんですよ。どう、なにかわかりますか」

しばらく言葉を発する人はいなかったが、やがて歌村さんが口を開いた。

「たしかに、妹さんは疑わしいですね。もし犯人でないとするなら、必然的にお父さまかお兄さまとなりますけど」

「ぼくは一志さんがあやしいと思うな」福来さんがいった。「リカさんと同じ動機がみいだせるんじゃないか」

「抽象的だな、もう少しくわしく」伊佐山さんがいう。

「つまりね、一志さんにはお父上の機嫌《きげん》をとる理由があったろうってこと」

まだよくわからない。

「会社の経営が苦しくなってたころだろ。しゃべりにきてたのは、機嫌をとって、援助に繋げるねらいだったんじゃないか。さいわい、話し相手として歓迎されていたそうだけど、それもリュウくんがくるまでの間だった。つまり籠絡《ろうらく》する機会を失ったわけで、この邪魔者めと思ってもおかしくない」

「もっともらしく聞こえるけど」伊佐山さんがいった。「別に出入り禁止になったわけでもないだろ。先生、どう思いますか」

はたして先生はかぶりをふった。「一志には毒を盛る機会がなかったから」

「なぜです。お父さまにおはぎをもっていったときはひとりだったでしょう。そのときにおふたりの目を盗んで毒入りおはぎを与えられませんか。自分のおはぎを食べきらずに隠しもっておいて、毒を仕込んで、庭のリュウくんに投げ与える。簡単そうですが」

「ウチはね、簡単にいうと凹凸の凹を逆さにした形をしてるんだけど」

メモ帳を取り出すと、簡単な略図を書きつけた。

「父の部屋はこの左端でね。リビングはまんなか。で、父の部屋とリビングまでの間は短い廊下一本で繋がってるんだけど、この廊下は庭には面してないの。だからおはぎを庭に投げ込もうとしてもできない」

「じゃ、お父上の部屋からはどうですか。とうぜん窓はあるでしょう」

「あるけど、父の目を盗んでなにかするのは無理ね」

「なら、二階からはどうですか」福来さんがねばりをみせる。「二階もあるんでしょう?」

「ええ、でも階段があるのは玄関脇で、父の部屋とは正反対の側になるのね」先生は略図の右端を指さした。「一志はリビングからまっすぐ父の部屋に向かったから、二階には上がれない」

「うーん。なら、お父上はどうです。お父上が部屋から毒入りおはぎを庭に投げ込んだ」

ふたたび先生はかぶりをふった。「父にトリカブトなんて入手できたかどうか。いまみたいに、みんながインターネットを使える時代でもないし」

「でも、園芸店で売ってるんでしょう」福来さんはなおもくいさがる。

「トリカブトって、鉢植えで買っておわりじゃないからね」伊佐山さんが口を挟んだ。「根っこなり茎《くき》なりから、毒の成分を抽《ちゅうしゅつ》出しなきゃならない。それを自宅でできたかどうかだよ」

「そんなところは、みたおぼえがありません」

うーむと福来さんはうなり声をあげた。

「それにやっぱり、動機がないです。本当にかわいがってたから。リカにも甘やかしすぎだって怒られてたっけ」

福来さんが沈黙すると、歌村さんが待ちかねていたように口を開いた。

「お父さまが窓をあけて寝ていたとしたら？　『食欲ないみたいだ』といっていたのは一志さんのうそで――それなら一志さんにもチャンスがあります。伊佐山くんがいったように自分のおはぎを隠しもって、アコニチンを仕込んで、投げる。一分もかからない」

伊佐山さんが挙手した。「寝てなかったらどうするんです」

「どうもしない。次のチャンスを待つだけだよ」

なるほど、それなら可能だろう。しかし先生は申し訳なさそうにかぶりをふった。

「実はね、私も兄をまったく疑わなかったわけじゃなくて。で、いまのは私も思いついてそれとなく父に訊いたの。でも寝てなかったって」

「うーん、いい線だと思ったんですが」歌村さんがぼやいた。

たしかに難題だった。検証するほどに、リカさんへの疑惑は深まってゆく。

ほかに容疑者もいないし、と考えたところで、ふっと閃《ひらめ》きがおとずれた。ほかの動機が、あるにはある。みおとされている動機が――。

「夏川さんはあまりしゃべらないんですね」

考えにふけるぼくの顔を覗《のぞ》き込むようにして先生がいった。

急に声をかけられ、うろたえてしまう。歌村さんは違和感をかぎとったらしく、テーブルに身を乗り出した。「さてはなにか意見があるな」

「いいえ、突飛すぎる考えなので」

「聞かせてよ」

「そうそう、いいアイデアは、珍説をたたき台にして浮かんでくるものだ」

福来さんも無責任にあおりたてる。ついには春野先生までが「がまんはよくないですよ」とそそのかしてくるので、いわねばおさまらない雰囲気になってしまった。

「その、小説的な空想というか、与太話なので、そのつもりで聞いていただきたいんですが」

能書きはいいから、と福来さんが半畳を入れてくる。少し黙っていてほしい。

「実はですね、動機は春野先生にもあるなと思ったんです」

「え」先生は胸を手でおさえた。「私ですか」

「たいへん失礼ですが――お父さまは心臓をわるくされていたそうで、ご年配ですし、介護の問題も視野に入りつつあったのではないかと」

先生は当惑がちにうなずいた。「ええ、まあ」

「介護というのはたいへんなものです。人手はいくらあっても足りない。そこで考えた。

なにか口実をつくってリカさんを呼び戻せないか。リュウがいなくなったら、また父は寂しがるだろう。リカを呼び戻せ、といいだすに違いない。そこで思いあまって犯行に及んだ。みなが帰ったあとで、こっそり毒を与えたんです」

「ひどいな、矛盾してるどころじゃないぞ」福来さんが目をむいた。「呼び戻したいなら、なんでリカさんの申し出を断るの」

「ですからね」しどろもどろに弁明した。「計画では、そこまでくわしく死因を追及するはずじゃなかったんです。でも行きがかり上、そういう流れになってしまった。そうなると問題は、同じ獣医師ということで、医者とリカさんが接点をもつかもしれないということです。リカさんが実家に帰ってきたら、ご近所同士どこかで出会って『実は毒を飲まされた』と聞かされないとも限らない。そうなったら自分が疑われるのは必至です。だから断らざるをえなかった」

しゃべりながら、自分でも苦しいいいわけだと思う。

「無理がある」「そんな体たらくでミステリの編集がつとまるのか」「ちゃんと考えなさい」

はたして罵倒《ばとう》の嵐となった。

「だから、突飛すぎるっていったじゃないですか」

先生は苦笑した。「ごめんなさいね、私が余計なことを訊いたから。夏川さん、おもしろかったですよ。ドキドキしちゃった」

「まあ、着想は大胆でしたが」伊佐山さんが評論家の顔つきをしていった。「しかし、いよいよ手詰まりだ」

歌村さんが声をあげた。「待った、店長がなにか思いついたかもよ」

みなの注目がカウンターに集まる。はたして茶畑さんは、みなの視線を避けるように、うつむき加減で懸命に食器を磨《みが》いていた。

「なにかわかったの」福来さんが問う。

「いえ、皆目《かいもく》」

しかし毎度のことながら、この店長はうそをつくのがうまくない。何事か胸に抱えているのは明らかだった。それでもなんとかはぐらかそうとしていたが、ほかに客もおらず、逃げ道がないのも災いした。みなから責めたてられた茶畑さんは、困った顔で立ちつくす。

おや、と思った。いつにもまして気乗りしない風だったからだ。しかし福来さんは気づかないらしく、当惑している先生にいった。「実はこの店長、名探偵でして」

「およしください」茶畑さんはいった。「まぐれあたりが続いただけです」

「謙遜《けんそん》はいいから」歌村さんがいう。「考えがあるんでしょ」

「その、軽々《けいけい》に口にすべきものではないので」

「かまいませんよ、誰が犯人でも」

さばけた調子でいう先生に、弱りきった顔で茶畑さんは向き直った。

「春野さまは、リカさんへのお疑いをはらしたいのですね」

「ええ」

「どんな結論が出てもよろしいですか」

「大丈夫です」

しばし茶畑さんは考え込んでいたが、ため息をつくといった。「ひとつ質問をよろしいでしょうか。——問題のおはぎは、どなたがどう配ったのですか」

唐突な質問に、ぼくたちは顔をみあわせた。先生も首をひねっていう。「私です。台所で小皿にとりわけたのを運んで、適当にとってもらって。それがなにか」

茶畑さんは伏し目がちに沈黙していたが、やがて顔をあげるといった。

「家での立場を取り戻そうとして、リカさんが犯行に及んだという考えですが——私は否定できると思います」

「ほんとう?」先生は身を乗り出した。

「はい。獣医師だから疑わしいとおっしゃいましたが、逆に獣医師だからこそ犯人らしくないように思うのです」

「どうしてさ」今度は福来さんがテーブルに身を乗り出す。

「トリカブトを使う理由に、説明がつかないからです」茶畑さんはいった。「実行する側から考えてみましょう。家での地位を回復するのがねらいなら、自分のしわざと知られるわけにはゆきませんね」

「そりゃそうだ、バレたら二度と顔を出せない」

「犯行が発覚せず、病気や事故にみせかけられるならそれに越したことはない」

「そうなるね」

「するとなぜ、トリカブトなどを使ったのでしょう?」茶畑さんはいった。「みなさまおっしゃっていましたね。たまねぎやチョコレートは、犬にとって猛毒だと。どうしてそれらを使わなかったのか。トリカブトは症状からも発覚しやすいでしょうし、入手ルートも限られます」

「あっ」みなが一斉に声をあげた。

「たまねぎもチョコレートも家庭にあるものです。注意しても、はずみで犬の口に入るケースは十分に考えられるでしょう。事故で片づく見込みが高いのです。獣医師であり、ご家族にも注意なさっていたリカさんが、そこに考えが至らなかったとは思えません」

盲点だった。

「どうして気づかなかったんだろ」先生も呆然《ぼうぜん》としている。

「じゃ、誰がやったの」福来さんがいった。「ほかの可能性はさんざん検討したぞ」

「恐縮ながら、前提に誤りがあるように思いました」ためらいがちに茶畑さんはいった。「この先はどうにも妄想めくので心苦しいのですが」

「いいから」

みなにうながされ、茶畑さんは顔を曇《くも》らせたまま続ける。

「居場所づくりをもくろんで、という説を白紙にしてみましょう。するとまた違った構図がみえて参ります。犬の殺害がねらいなら、なにもトリカブトのような面倒な毒を用意しなくてよいわけで。するとこの毒は、そもそもリュウくんのためのものではなかったのではないでしょうか」

「リュウくんのためじゃないって、だったらなんのために」

「犬でなければ、人間用だったのかもしれません」

なんだって？

「店長、それって」歌村さんが立ち上がらんばかりの勢いで叫んだ。

「はい、ご家族の誰かをねらった犯罪が計画されていた可能性はないでしょうか。人をねらった毒が、誤ってリュウくんの口に入ったという可能性は。この場合、初めにみなさまがお話しになっていたような、推理小説めいた殺人事件という構図が浮上して参ります」

「待ってよ、めったなことを」伊佐山さんがいった。「こないだの事件とはわけがちがう」

　先生もまさかこんな結論が導かれるとは思っていなかったろう、呆然自失の態《てい》である。

「毒は手違いでリュウくんに渡った。そう考えるとトリカブトのわけに説明がついてしまうのです」茶畑さんは繰り返した。「では、どんな手違いがおきたのか。――これは、お父上がリュウくんをかわいがりすぎたゆえのハプニングだと思います」

　そういわれても、見当もつかない。

「もう一度、リュウくんをねらった場合の毒のルートを考えてみましょう。まず外部犯ではありません。一志さんでもない。お父上も毒を用意するのが難しいというのは、検討されたとおりと思います」

「やっぱり、誰もいない」

「しかし、お父上のおはぎに毒が入っていたとしたらどうでしょう」

　そうか！

　やっと茶畑さんが示そうとしている構図がわかった。

「トリカブトは――お父上をねらったものだったんですね。ご自分のおはぎに毒が仕込まれていたのを、そうと知らずにリュウくんにあげてしまった、そういいたいんですね」

　情景が浮かんだ。窓から老紳士が庭を眺めている。食欲がわかず、テーブルにはおはぎが放置されたままだ。手にとって、庭の愛犬に投げ与える。犬は尻尾をふって近づいてき、やがて――。

茶畑さんはうなずいた。「リカさんとの雑談で、お父上のせいでリュウくんがまた太ったといったことをおっしゃっていましたね。これは、お父上が必要以上に食べものをあげていたと理解しましたが」

「そうなんです。やめてといっても聞かなくて」

「お父上は食欲がないみたいだと一志さんはいってたっけ」福来さんもつぶやいた。

「だからおはぎもあげたのか」

「待って、だったらなんで名乗り出なかったの」歌村さんがたずねた。「自分があげたって」

「うしろめたかったのではないかと」茶畑さんはいった。「リュウくんの死後、名前も口にしなくなったそうですね。悲しみゆえというのはわかりますが、話題すら避けるのは極端ではないでしょうか」

それはたしかに、ぼくも思った。

「お父上がリュウくんの死に関わっていたとしたら、これにも説明はつきます」

「お父上が、毒と知って与えたと？」

福来さんの問いに、茶畑さんはかぶりをふった。「いえ、自分のあげたおはぎで食中毒を起こしたと思われたのでしょう。暑い日だったそうですから、放置するうちに傷んだと考えるのは自然です。みなのいうことを聞かなかったからと悔やみ、叱責《しっせき》をおそれて、口をつぐんだのではないでしょうか」

「ありそうなことです」先生はうなずき、最前の人物評を繰り返した。「父は、小心者でしたから」

「真の死因がトリカブトとご存じであれば、話は違ったでしょうが」茶畑さんは気づかわしげに先生をみやっていった。「そのときはさすがにおかしいとお気づきになられたはずですので」

なまじ死因を伏せたため、かえって真相から遠ざかってしまったのか。

先生は愕然《がくぜん》としていたが、「じゃあ、リカがおはぎを作ってきたのは、なんの悪意があったわけでもなくて」

「単純に、心からの親孝行だったのではないかと」

「リュウがいれば、パパは平気なんだねといったのも」

「含むところはなく、裏表のない本心だったのではないかと」

客観的な事実として述べられたのでしょう、と店長はいい足した。ぼくの中で醸成されていた、リカさんの纏《まと》う得体《えたい》のしれなさのようなものがあっさり崩れ去ってゆく。

「筋はとおってる」歌村さんがいった。「でも、誰が、毒を仕込んだわけ」

円卓に緊張が走る。これこそが最大の問題だった。

「順に検討してみましょう。まず考えられるのは、リカさんがおはぎに毒を仕込んでいた可能性です。しかしその場合、毒入りおはぎが確実にお父上へわたるよう、ご自身で配るまでがセットとなります。実際には春野さまが小皿にとりわけ、めいめいにとってもらったのですからこれはありえない。では、失礼ながら春野さまはどうか」

茶畑さんは先生に頭をさげながらいった。

「春野さまの犯行ならそもそもここで話題にしないでしょうが、それを考慮に入れなくても、やはり機会はなさそうです。リカさん同様、毒入りのおはぎの行き先をコントロールできないのですから。すると一志さんしかいません。お父上におはぎを運ぶ間――リビングと部屋を結ぶ廊下ではおひとりでしたから、そのときに毒を仕込めたでしょう」

「兄さんが」先生はしばしことばをつまらせた。「でも、動機は」

それは明らかだ――直感があった。みなの顔にも、うっすら察しつつあるような表情が浮かんでいる。はたして茶畑さんはいいにくそうに口を開いた。

「このころにはもう、事業がだいぶ苦しくなっていたのでしょう。私も春野さまのエッセイは拝読していますが、会社を傾けたのがこのころだったかと」

マカオに逃げた一志さん――先生は、なにを考えてたんだかとおっしゃっていた。

「お父さんを亡き者にして、遺産をねらったと」伊佐山さんがいった。実際のところ、素封家の出で、財界でも名を成した人物ともなれば、資産は相当なものだろう。

「たしかに、一志は父から相当借りていました」先生は絞り出すようにいった。「最後のほうは父も渋い顔をするようになってましたけど」

「それで思いあまって？」歌村さんがいう。

「そう考えれば筋がとおりますね」茶畑さんはうなずいた。「お父上は心臓を患っておられたそうですが――。トリカブト中毒は、心臓の発作とまちがわれやすいようです。発作とされたのが、じつはトリカブトによるものだったという死亡例もあります」

「三人殺害されたという事件だね」伊佐山さんがいった。「三人目で疑われるまで、みな発作で片づけられたらしい。雑な犯行に聞こえるけど、バレないもんだと思ったよ」

「お兄さんもその線をねらったのね」歌村さんがいった。

「でも、タイミングがよすぎないかな」福来さんがいった。「たまたまリカさんがおはぎをもってきたときに、一志さんが毒殺にきたっていうの」

「逆でしょう。たまたまリカさんがおはぎをもってきたので、犯行に踏み切ったのではないかと」茶畑さんはいった。「以前からトリカブトを持ち歩き、機会をうかがっていたのではないでしょうか。苦みが強い毒ですから、なるべく味の濃い食べものに混入させたかったでしょうし。あるいは決心がつかずにいたのかもしれませんが、そこへリカさんがやってきた。しかもふだんは作らないようなお菓子をもって。チャンスにみえたでしょう。万が一毒殺が露見しても、よりあやしまれてくれる人間がいるわけですから」

福来さんはうなった。

「なお、アコニチンの苦みですが、ゼラチンや寒天で粒状に固めて丸のみさせてしまう手もあります」茶畑さんが補足した。「調べたところ致死量は二ミリグラム程度のようで、米粒程度のサイズですむでしょう。その点でもおはぎはうってつけだったかと。もち米に押し込んで、紛れ込ませてしまえば」

なるほど――。

「ひょっとすると、その年の春にお父上が体調を崩されたのも、一志さんのしわざだったのかもしれません。そのときは毒の量が足りなかったのか、あるいは毒を盛っても疑われないかどうかの実験をするつもりだったか――これは確かめようがないですが」茶畑さんはかぶりをふった。「少々想像がすぎました。お兄さまへの中傷といわれても仕方ありません」

「いえ、心当たりがあります」先生はつぶやいた。「実は破産騒ぎのほとぼりが冷めたころ、一志は帰国したんですけど、体をわるくしてて、ほどなく亡くなったんです。死ぬ直前、うわごとみたいにいい残したのが『父さん、わるかった』でした」

みなが沈黙した。

「てっきり夜逃げ同然に逃げたのを謝ってたんだと思ったけど、あれは、そういうことだったのね」

伊佐山さんが遠慮がちにいった。「そのう、お父さまはその後」

「数年前に亡くなりました。大往生でした」先生は静かに首を横にふった。「一病息災っていうんでしょうか、心臓をわるくしてからは故障もなくて」

みな、ほっとしたように息をついた。

「一志さんは、計画が失敗したからあきらめたのかな」

福来さんのつぶやきに、先生は小さくうなずいた。

「かもしれない。それからの兄は不遇でした。いよいよ事業がだめになって、立て直す余裕もなくなって」

「そうでしたか」

先生は静かに続けた。「父さん、リュウに助けてもらってたのね」

「あれこれと想像ばかりです。くどいようですが、話半分にお考えください」

「いえ、納得しました」顔に明るさが差した。「一志のことはショックだけど、不思議とあまり責める気になりません。あれから苦労したのはわかっているし」ティーカップを手にして小さく笑みを浮かべた。「なにより、リカへの疑いがはれたのがうれしいです。あの子に電話しなくちゃ――」

店内は、ようやくはればれとした空気に包まれる。

ぼくはそっと、リュウ・アーチャーから名前をとられたコーギー犬の冥福を祈った。

駄洒落の効用というものがありまして。

作品の設定を決めあぐねているとき——駄洒落に頼って、えいやと決めてしまうと、案外すんなり物事が運ぶときがあります。

本作でいえば、リュウくんの犬種を決めるときがそうでした。

勘のよい方はうすうすお察しかもしれませんが、今回、被害者となってもらった犬は、そもそもなぜコーギーなのか？　プードルでもなければ、ダックスフントでも、チワワでも、ヨークシャー・テリアでもなかったのか。

ヒントは本シリーズの名称であるコージーボーイズという言葉にあります。

もうおわかりですね。コーギー犬を選んだ理由、それはコージー（Cozy）とコーギー（Corgi）の音が似ているからなのです。犬種は実に多様なので、どうにも選びかね、そこでことば遊びに頼ったのでした。

もちろん、それだけが理由ではなくて、犬種を決定するにはさまざまな条件がありました。まず、筋立て上の要請として庭で飼える犬種でなければなりません。その上で、あまり珍しい犬種では読者の方々もイメージしにくかろう、などなどの条件を加味しての判断でした。ですが、とっかかりはコーギーとコージーのことば遊びだったのです。いいかげんなものですねえ。

駄洒落はこれにとどまりません。どうしてリュウくんはリュウという名前なのか。実はリュウくん、はじめはマーロウという名前でした。ミステリファンなら知らぬ人なきハードボイルドの巨匠、レイモンド・チャンドラーの生んだ探偵の名前ですね。

勘のよい方はまたまたお察しかと思いますが、このフィリップ・マーロウのシリーズにはその名も『プードル・スプリングス物語』という作品があります。つまり、犬→プードル→『プードル・スプリングス物語』→マーロウ→ハードボイルドの探偵→リュウ・アーチャー——という連想から、犬の名前がリュウへと帰着したのでした。駄洒落が複雑骨折していますね。なおリュウ・アーチャーはやはりハードボイルドの巨匠、ロス・マクドナルドの創造した私立探偵で、『動く標的』で初登場して以来、『ウィチャリー家の女』『さむけ』など、十八作の長編と多くの短編で活躍します。

まじめにやりなさい、とリュウくんに叱られているような気もしてきましたが、本シリーズがお手本としている『黒後家蜘蛛《くろごけぐも》の会』にも、それは駄洒落では？　というアイデアの作品が多くみうけられますので（にもかかわらずおもしろいのがすごいところですが）、その点はお手本どおりということで、ひとつご容赦いただけましたらさいわいです。

なお、ネタを割ってしまうため詳細は語れませんが、作品のなかで伊佐山さんが触れている事件は、一九八六年に日本で実際に起きたものです。

コージーボーイズ、
あるいはロボットはなぜ壊される

「服部《はっとり》さんにとって、コージーミステリの魅力とはなんですか」

伊佐山《いさやま》さんの質問に、ゲストの服部春子《はるこ》さんはにっこりうなずいていった。

「生活感ですね。主人公が、日常生活と探偵活動を並行してるところ」

「ああ、そこはコージーで必ず描かれるところだ」

伊佐山さんのことばに、服部さんは我が意を得たりとばかりにうなずいた。紅茶に砂糖を入れてかきまぜながら、

「とくに子供をもってからは、子育て描写がおもしろくて。ときどき身につまされちゃうときもありますけど」

と語る。

一月のよく晴れた日、空にうす雲のたなびく中、カフェ〈アンブル〉ではゲストを迎え、《コージーボーイズの集《つど》い》が催《もよお》されていた。

集いの長にして同人誌『COZY』の主幹である歌村《うたむら》ゆかり、作家の福来晶一《ふくらいしょういち》、評論

家兼古書店主の伊佐山春嶽《しゅんがく》、そして編集者たるぼく夏川《なつかわ》ツカサの四名による、推理小説談義のための集まりである。会のルールは二つで、作品の悪くちは大いにやるべし、しかし人の悪くちはいってはならない。もっとも後者の誓いはたいてい破られる。

今月は、歌村さんの紹介で服部春子さんをお迎えしていた。

都内の書店に勤めている服部さんは、歌村さんの舵取《かじと》りする『ＣＯＺＹ』の古参読者である。同誌のオフ会でこの集いの話が出たところ「おもしろそう」と興味を示されたため、歌村さんがお招きしたという次第だ。赤いセルフレームのめがねがにあう、ほっそりとした方で、夫の健次郎《けんじろう》さん、十歳になる長男の文彦《ふみひこ》くん、長女のしおりちゃん――四歳になったばかり――と武蔵野市のマンションに住んでいて、きょうは健次郎さんがお子さんをみているらしい。

カフェ好きでもあるという服部さんは、店長の茶畑《ちゃばたけ》さんが淹《い》れた紅茶に感激し、天井のランプに雰囲気があると語り、茶畑さんのフォーマルなベスト姿をほめ、まさにミステリの舞台にするためにあるような場所だと語った。

恐縮しながら茶畑さんがカウンターに戻ると、渋い店長だね、ちょっと年だけどミステリだったら名探偵の役どころかも、と歌村さんに顔をよせていった。これまでに茶畑さんがみせた活躍ぶりを伝える場面でもないと思ってか歌村さんはなにもいわなかったけれど、ぼくらにはこっそり目配せをしたものである。――カノジョ、スルドイネ、と。

「主人公が家事に大忙しというのは、ひとつのパターンですね」伊佐山さんがいった。「定番どころならジル・チャーチルとか、レスリー・メイヤーとか。最近だとカレン・マキナニーあたりかな」

「ご家庭というなら、セイヤーズの『〈トールボーイズ〉余話』もいいぞ」福来さんがお茶請けのクッキーをかじりつついった。伊佐山さんがしゃべっていると口を挟みたくなる人なのだ。「名探偵の家庭内ミステリとでもいうか、子供の書きっぷりがいい」

「おもしろそう、読んでみます」と服部さんは興味を惹《ひ》かれた顔でいったが、ふとため息をついた。

「あの、なにか」と福来さんは怪訝《けげん》そうにいった。どうしたのだろう、とぼくも思う。福来さんがいささか強引に割り込んだ形ではあるが、著《いちじる》しく話題を逸らしたわけでもなし、礼を失した印象もなかったけれど。

「あ、ごめんなさい」服部さんは頭をさげた。「ちょっとウチでも事件があったのを思い出しちゃったんです」

「なに、おだやかじゃないね」歌村さんが眉をひそめる。古くからの仲とあって、語りかける口調はフランクだ。

「たいした話じゃないの」服部さんはあわてたようにいった。「ウチの子が、おもちゃを壊したっていうだけで」

「なあんだ」歌村さんは安堵《あんど》したようにいった。「トラブルってわけじゃないのね」

「そうなんだけど」服部さんの返事は煮え切らなかった。しばしテーブルに視線を落としていたが、ふと顔をあげてぼくらをみまわす。「男の子が、宝物にしてたロボットをバラバラにするのって――どんな理由があると思います?」

ぼくたちは顔をみあわせた。

「叱られてむしゃくしゃしたときでしょうか」伊佐山さんが長い顎《あご》を撫《な》でていう。

「でなければ、そのおもちゃに飽きたか」福来さんが口を挟む。「でも、ほんとに大切なものなら、やつあたりなんてしないかな――」

「ですよね」服部さんは表情を曇《くも》らせた。

歌村さんがたずねる。「男の子って、文彦くんなの」

「そうなの。大切にしてたロボットをね、急にバラバラにしちゃって。〈スクラップ・ビルダーズ〉ってアニメのロボなんだけど」

「〈スクビル〉ですか」と福来さんが反応した。「すると、《BOX》シリーズだな」

「なにそれ」歌村さんがたずねる。「すくびる? ぼっくす?」

「《BOX》っていうのは、古今東西のロボットアニメをプラスチックフィギュア化したシリーズです」福来さんは説明した。「〈スクビル〉は、〈スクラップ・ビルダーズ〉の略称で――ご存じないかな」

知っている。荒廃した近未来の日本を舞台に、引き裂かれた兄弟同士が人間型マシンに乗って戦うという設定のロボットアニメだ。破壊を求める兄と再生にかける弟の相克《そうこく》を描いた作品で、主人公たる弟の決めぜりふは「約束だ」。ガンダム、エヴァンゲリオンといった超メジャー級の作品には及ばないまでも、昨年の初放送以来、子供はおろか大人にも人気があり、ただいま第二シーズンが放送中である。——と、ぼくの知識はここまで。

福来さんは滔々《とうとう》と語った。「《BOX》はいいですよ。安いし、関節もよく動くし。壊れやすいのが玉に瑕《きず》だけど——子供時代にあったら宝物だったろうな」

「福さん、語るね」伊佐山さんが苦笑する。「そっちのほうもマニアだったとは」

「あれはいいトイだし、いいアニメだよ。シナリオにも深みがあるし——それはともかく」早口でいったのち、福来さんは服部さんにたずねた。「バラバラとはおだやかじゃない。息子さんがそんなことをした理由に心当たりはないんですか」

服部さんはうなずいた。

「バラバラって、どこまでバラバラなの」歌村さんがたずねる。

服部さんはバッグから携帯端末を取り出し、円卓に置いた。「なんだか気になって、健次郎がそれを修理しようとしているときの写真を撮っておいたんだけど」

ぼくたちは亀のように首をのばして服部さんの端末を覗《のぞ》き込んだ。

ホーム画面は、ご家族のものらしい集合写真だった。服部さんを囲むようにして、がっしりした男性と少年少女が写っている。男性が健次郎さん、少年が文彦くん、服部さんと手を繋《つな》いだ女の子がしおりちゃんだろう。大きなめがねをかけた文彦くんはいかにも利発そうだが、緊張ぎみの顔からは、いささか神経質そうな印象もうける。と、覗き込んでいる間にも服部さんの指がおどり、写真フォルダの画像が映しだされた。

「ああ、こりゃひどい」福来さんが声をあげる。

はたして画面の中では、木製のデスク上でカラフルなロボット――主人公の搭乗するロックマスター一号機だ――が無残な姿をさらしていた。頭と左脚をもがれている。

共に写り込んでいる健次郎さんのものらしき手と比べるに、背丈は二十センチくらいか。きゃしゃで手足の長い人間型ロボットで、赤、青、黄色に塗り分けられている。中世ヨーロッパの甲冑《かっちゅう》をデフォルメしたようなデザインといえばよいだろうか。背中にパイプ状のブースターを何本も生やし、身長ほどもある刀を握っている。額《ひたい》についているはずの角《つの》も折りとられていた。なるほど、バラバラだ。

「いまのプラモデルはカラフルだね」伊佐山さんが感心した。「昔はもっと色数が少なかった」

「技術が向上したからね」福来さんはいった。「ところでこれは厳密にいうとプラモじゃない。最初から完成済みだから。慣例的にね、プラモデルというと昔ながらの、自分で組み立てるタイプを指すんだ。《BOX》は出荷時から完成していて、そういうのはプラモとは呼ばない。じゃあなんて呼ぶかだけど、可動フィギュアとか、そんなところかな。組み立てがいらないのはラクだけど、パーツが壊れても、プラモみたいに部品交換できないという弱点はある。プラモなら、どうしてもってときはメーカーに部品単位で注文できるけどさ」

福来さんの長広舌《ちょうこうぜつ》に伊佐山さんは肩をすくめる。「福さん、小説じゃなくて、おもちゃ評論でもやっていけるんじゃないか」

「こんなのは常識の範疇《はんちゅう》だよ」

歌村さんが服部さんにたずねる。「文彦くんに、バラバラにしたわけは訊いたの」

「遊んでて落としたんだって。でも健次郎にいわせると、落としただけじゃ、首と脚がいっぺんに折れたりはしない。何度も落とすか、わざともぎとるかしないと、こうならないって」服部さんはいった。「でも、そんなまねをする理由がわからなくて」

画面の中のロックマスター一号機は、なにも語らない。

「これは文彦くんが自分で買ったもの？」

「ううん、健次郎が買ったの。去年、アニメがはじまったときに文彦にねだられたの。そしたら健次郎が、じゃあパパと約束だ、まじめに学校の授業を聞く子になれたら買ってやるぞといって」

「なるほど」

「そうやって物でつるのも、教育上どうかと思うんだけど。この点、健次郎とはよく喧《けん》嘩《か》になる――でもまあ、文彦はまじめにがんばったの。先生にもほめられたし、それは素直にうれしかったな」

「文彦くんも、おもちゃを買ってもらって喜んだんじゃない」歌村さんがいうと、服部さんはめがねの奥で目を細めた。「うん、この手のおもちゃを買ったげたのも、初めてだったからね。プレゼントされたときは大喜びで、子供部屋の本棚の、一番いいところに飾ってた」

「宝物だったわけね」

「そりゃもう。ほかの誰にも触らせないくらい。しおりが触りたそうにすると目をむいて怒るの。ちょっと神経質なところがあってね、誰に似たのかな」服部さんは苦笑する。

「じゃ、もう飽きてたってわけじゃないのね」

「うん、よくアニメをみながらガチャガチャ動かしてたよ」服部さんはうなずいた。

「〈スクビル〉の特集をしてる雑誌とか、ロボットのおもちゃがついてるお菓子――食玩っていうの？　そういうのもほしがるし」

熱は冷めるどころか、いや増しているといったところか。歌村さんは質問を重ねた。

「この件、健次郎さんはなにかいってないの」

「この年ごろの子は情緒不安定だし、そんなときもあるって。でも、私は妙にひっかかって」

「なるほどねえ」歌村さんは腕を組んだ。ものいいたげにぼくたちをちら、とみる。いわんとするところはすぐにわかった。この謎をみなで解いてみないかと誘いかけているのだ。ぼくらは無言でうなずいた。以心伝心、阿吽《あうん》の呼吸というやつである。

歌村さんは服部さんに向き直った。

「おせっかいかもだけど、気がかりならみんなでこの謎を推理してみようか。じつはね、この集まりはそういう問題を解くのが得意なの」

「え」さすがにおどろいたようだった。円卓を囲む面々をみまわしていう。「でも――こんなこと、さすがに推理でなんて解けないでしょ」

「やってみないとわからないよ」歌村さんはちらりとカウンターをみやった。「案外、名推理を披露してくれる人がいるかも」

「けど、子供がなにを考えてるかなんて、わかるかなあ」

なおも服部さんは半信半疑の様子だったが、歌村さんの申し出を無下《むげ》にするのもわるいと思ったのか、「――じゃ、お願いするね」といった。決まりだ。

「じゃ、事件のはじまりから改めて話してもらってもいいかな」

かくして、きょうもまたこの集いは謎解きへとなだれこんでいったのである。

「ちょうど一週間前の日曜です」服部さんは丁寧《ていねい》な口調で話しはじめた。「その日の午前中は勤務のシフトが入って、健次郎に子供たちを任せて出かけました。しおりは起きてくるなりきゃあきゃあ騒ぐし、私も着替えて、化粧して——朝からもうバタバタですよ」

「たいへんだね」歌村さんはうなずく。

本当にたいへんである。ぼくにも三歳の男の子をもつ姉夫婦がいるが、常に予想外の行動をとる子供という存在を相手に、「疲れ」と「緊張」の四文字を刻み込んだような顔をしている——世の親御さん方には頭がさがるばかりだ。

「その時点では、文彦くんにおかしなようすはなかったの」歌村さんがたずねた。

「うん、いつもどおり朝から〈スクビル〉。起きてくるなり『パパ、ゆうべのうちに明日の予習はすましたよ。約束どおりテレビみせてね』といって、健次郎をリビングから追い出してね」

「ほんとうに〈スクビル〉が好きなのね」

「そうなの。私にいってらっしゃいの一言もなしで。冷たいよね。とにかくけががだけはしないように、みんなで留守番よろしくねっていって出かけたけど、この時点でもうひと仕事した感はあったな」

「おつかれさま」歌村さんは服部さんをねぎらう。

「シフトをあがって、最寄りの駅についたのが三時過ぎ」ここで服部さんの目に怒りの火がともった。みなをみまわしていう。「聞いてください。信じられないものをみたんです。夕飯の買い物をしようとスーパーにいったら、家にいるはずの健次郎がお菓子コーナーの前で、ひとり買い物かごを提《さ》げてたんです」

「あれ、お子さんは連れずに？」歌村さんがたずねる。

「そうなの。びっくりして問いつめると——冷蔵庫もすっからかんだし、食材の買い出しをしておこうと思った。しおりは文彦に頼んできた。しおりはリビングでお昼寝中だったから、起こして連れてくるのも忍びなくて——と」

「ああ、そういう事情か」

「でも、たばこの入ったコンビニ袋を提げてるし、かごにビールをどっさり入れてるしで。どうも退屈しのぎのアレコレを買うのがメインっぽくて」

「たしかに嗜好品《しこうひん》ばかりだねえ」

「家を出てどのくらいたつのかと訊くと、予定より時間がかかって、一時間とちょっとかなという。そんなに長く子供たちだけにしておくってどういう了見なのと思うじゃないですか。すると『大丈夫、文彦と約束してきた。しおりから目を離すな、といいつけてきたから平気だよ』と自信満々でいうんです。文彦も任せろといってくれたと。健次郎は放任主義で育てられたらしくて、小学生のときからひとりで留守番するのがあたりまえだったそうなんです。だからその辺の感覚が私と違ってて」

服部さんはかぶりをふった。

「そういう問題じゃないんじゃない、というと、いや、小まめに様子も確かめてるし、とLINEのトーク画面をみせてくる。たしかに三十分前に『もうちょっとかかるけど、任せておいて大丈夫だよな』『うん、よろしく』というやりとりをしてはいました。でも、ちょっとの隙《すき》になにをするかわからないのが子供だし。――ともかく怒るのはあとまわしにして帰りました」

ふたたび服部さんはため息をついた。

「帰宅して『ただいま』というと、しおりはもう起きてたらしくて、元気よく出迎えてくれました。まずはほっとして、健次郎にはあとで説教だと思いながら買ったものを台所に運ぼうとしたところで、子供部屋の前に黄色いものが落ちてるのに気づいたんです。指先くらいの、ブーメランみたいな――少しして気づきました。ロボットの角じゃないかと」

いよいよ、壊されたロックマスター一号機の登場か。ぼくたちは身を乗り出した。

「ちょうど文彦が部屋から出てきたんで『これ、落ちてたけど』とみせると、妙にあわてたような顔をして『あ、ここにあったの。リビングで遊んでたら落として、壊しちゃって』という。そこへ健次郎がやってきて『パパが直そうか』と口を挟んできたんですね。文彦は『えっ、パパが？　いや、いいよ』と遠慮したんですが、健次郎が任せろというと、なぜか気の進まないようすで部屋に戻って、引き出しを開けました。ついていってうしろから覗き込むと、そこで出てきたのが、あのバラバラになったロボットだったんです。そこまで壊れてるとは思わなかったし、健次郎もおどろいて――」

服部さんはことばを切った。

「その夜、健次郎は遅くまでボンドまみれで格闘してましたが、やがて変な顔をしていったんです。『これ、わざと壊したようにみえるなあ』って。びっくりしました。『落としたくらいじゃ、首と脚がいっぺんに折れたりしない。――手足をもって振り回したりでもしないかぎり』と。なんだか怖くなりました。そんなまねをする理由がわからなかったから。健次郎は『男の子はエネルギーがあり余ってるから、そんなもんだ』というんですけど」

この日一番のため息をついていった。

「どうして文彦は、宝物にしていたロボットを自分で壊したんでしょう？」

円卓に沈黙が落ちた。福来さんはうなり、伊佐山さんは胸の前で指を組んで天井をみあげる。

ロボットはなぜ壊される——か。これまでに挑んできた事件とは、またひと味違う謎のようだった。なぜ、文彦くんは宝物たるロックマスター一号機を壊したのか？

「妙だねえ」歌村さんがいった。

「ね、やっぱり不思議だよね」勢い込んで服部さんはうなずく。「こうやって話せただけで、ずいぶん楽になった。ありがとう」

なるほど。ぼくらに推理してもらおうという思惑があったわけではもちろんあるまいが、誰かに相談したいという気持ちはあったのだろう。ならば、ご期待に添うべく解明にまで至りたいものだが。

歌村さんがたずねた。「ところでロボットは直ったの」

「だめ。関節の軸が折れちゃってて、ボンドでもくっつかない」

「だめだったんだ」

「うん。そのせいか、文彦はここしばらくふさいでる」服部さんはいった。「でも、自分でわざと壊したなら落ち込むのも変な話だし、なにを考えてるのか、わからなくなっちゃって」

「うーん」歌村さんはうなる。「健次郎さんがいうようにエネルギーがあり余ってて、情緒不安定な年ごろなのかもしれないけどね」

「一過性のヒステリーとかなら、まだいいんだけど」服部さんはまたため息をついた。

「いまはさ、子供にとってもなにかとストレスが多い時代じゃない。文彦もどっちかっていうと内向的なほうだし。なにかつらい目にあってて、その鬱憤《うつぷん》がロボットに向いたとかじゃないといいんだけど」

「なにか心理的な問題が背後にあるんじゃないかと不安なわけね」

歌村さんの問いに、服部さんは神妙な顔でうなずく。

なるほど、子供がストレスを、より小さな存在――動物など――にぶつけてしまうというのは、たまに聞く話だ。ぼくはうなった。いじめ、受験ストレス、スクールカースト――子供の世界も苦難に満ちている。心を病む原因は決して少なくない。

「しおりちゃんはなにか知らないかな」歌村さんがいった。

「しおりが壊したっていうの?」服部さんはびっくりしたようにいった。「たしかに、あの子もいたずらざかりだけど。でも、だったら文彦はそういうよ。しおりがやったって」

「そっかあ」

「それに、このロボットは本棚の高い段に置いてあったから、しおりじゃ手が届かない」服部さんはぞっとしたような顔をする。「椅子の上に乗って背伸びすれば届くだろうけど、そんなおそろしい場面は想像したくないな」

「しおりちゃんが犯人でなくてもさ、文彦くんが壊すところをみてないかな」

「一応、お兄ちゃんになにかあった？　とは訊いたけど」服部さんはかぶりをふった。

「でも、『しおり、知らない』と首を横にふるばかりで」

「妹さんにも心当たりはない、と」福来さんは黒ぶちめがねの奥で目をぎょろつかせた。

「案外シンプルな答えかもしれませんよ。子供というのは、時に周りへアピールしようとして極端な行動に走る。おふたりに構ってほしくて壊したのだとしたら」

服部さんはおどろいたようにいった。「私たちへのアピールですか」

「そう、しおりちゃんが生まれて、自分へのご両親の関心が薄れてしまったと感じているのかもしれない。それが不満で、一種の自傷に近いアピールを行った」

「どうかねえ」伊佐山さんは首をかしげた。「そういう不満をもつならいまじゃなくて、しおりちゃんが生まれて間もないころになるんじゃないか」

「む」と福来さんはことばにつまる。

「仮にそういう不満があったとしても、いきなり宝物を壊すところまでゆくかね。事前になにか徴候がありそうなものだけど」

「私の気づく限りでは、なかったですね」服部さんがいった。

福来さんは沈黙する。

歌村さんが口を挟んだ。「朝の時点ではとくに変わりがなかったなら、謎を解くカギはそれ以降の出来事にあるね。服部さんが出勤したあとに起きたなにかがトリガーになった」

「なにかって、なんです」ぼくは問う。

「健次郎さんのいないうちに、しおりちゃんと喧嘩したのかも。それでむしゃくしゃして、ロボットにやつあたりした」歌村さんはいった。「しかしわれに返ったところで文彦くんは困った。正直にいったとしても、ママたちの喜ぶような理由じゃないからね。しかたなく、落としたせいだとうそをついた」

「でも、喧嘩したならしおりちゃんがそういいませんか。服部さんから、お兄ちゃんになにかあったのと訊かれたときに」

「うーん、それもそうか」

「や、土曜は〈スクビル〉の放送日だ」伊佐山さんが端末をみながらいった。「ここに理由がないかな。たとえば、一気にこのロボが嫌いになるようなシーンがあったとか」

「嫌いになるって、思わず壊したくなるほどにか」福来さんが問う。「どんな場面をみたらそうなるんだ」

「このロボが、ひどい裏切りをしでかしたとか」伊佐山さんはいった。「ファンが一気に冷めるほどの」

「いや、ない」

「どうしてわかるんだ」

「この日の放送はぼくもみたからね」福来さんはあっさりといった。「ロックマスターは、堂々たる活躍ぶりだったよ」

「あ――」伊佐山さんは絶句する。

「でも、アニメってのはいい着眼かも」歌村さんがいった。「じゃ、この機体がバラバラにされるシーンとかはなかった？　文彦くんは、それを再現したくなったのかも」

「それだけのために壊したりしますか」福来さんが首をひねる。

「ジオラマってあるじゃない。戦車のプラモなら戦場で吹っ飛ばされたシーンを作ってみたり、戦艦なら沈没場面を再現したりする。同じノリで、名場面を再現してみたくなって」

「大人のマニアならともかく、十歳の子が急にそんな遊びにめざめますかね」福来さんはかぶりをふった。「なんにせよ、そういうシーンもなかったです」

「ああ、そう」

　これまた、却下である。

「留守番を任されたのがポイントかな」今度は福来さんが自説を述べた。「みんなでお留守番をしようといったのに、パパは自分ひとりに役目を押しつけて買い物にいっちゃった。その怒りがロボットに向かった」

「飛躍してる。そこでどうして怒りがロボットに向くんだ」伊佐山さんが問う。

「このロボットを買ってくれた、父という存在の象徴として」

「もっとストレートな象徴ならほかにあるだろ。鞄《かばん》でも、靴でも、ゴルフクラブでも」

「ウチはゴルフをしないんですが」と服部さんがいった。

「もののたとえです。健次郎さんの持ち物ならなんでも」

「わかった、わかった、いまのはなし。――うーん、もうひとつ手がかりがほしいな」

福来さんはぼやくと、服部さんにたずねた。「ほかになにか変わった出来事はありませんでしたか」

「変わった出来事、ですか」服部さんが戸惑いがちにいう。

「ええ。なんでもいい、どんなささいなことでも」

そう漠然と訊かれても困るだろうが、服部さんはまじめに考え込むと、手を打ち鳴らした。

「そういえば私、『パタリロ！』が好きで、自分の部屋に揃えてあって――その夜、なんとなく目がいって気づいたんですけど、何冊か、微妙に前に引っ張りだされてたんです。健次郎は知らないというので、文彦がこっそり読んだとしか思えないんですが」

ぼくたちは顔をみあわせた。

「『パタリロ！』ですか。あれはおもしろい」福来さんがいった。「しかし、こっそり読んだということは、まだ読んじゃいけないと禁じてでもいたんですか」

「どうしてもってわけじゃないけど、子供には少し早いかなって。ほら、その――『パタリロ！』って、わりと性描写があるじゃないですか」少し気まずげに服部さんはいった。「中学生になったらね、といってるんですけど」

「しかし、それが事件に関係あるかな」たずねておきながら、福来さんはあっさり梯子《はしご》を外すような発言をした。「読んだとしても、それでおもちゃを壊したくなるような内容ではないはずだしなあ」

『パタリロ！』か。ぼくは腕組みした。十歳の少年が、禁止されたまんがを親の居ぬ間に読みたがったとしても不思議はないが、これはさすがに福来さんのいうとおり、無関係だろう。

「これが昔のミステリで、壊されたのが古い人形なら、中にお宝か暗号が隠されていたってところですが」福来さんがまたも懲《こ》りずに新説をもちだした。「いまなら麻薬か、盗聴器あたりか」

服部さんがぎょっとした顔で福来さんをみる。

「それを取り出そうとしたっていうの」歌村さんがいった。「誰がそんなところに隠したわけ。文彦くんはなぜそれを知ったの」

「すみません、深く考えずにいいました。忘れてください」

いろいろと仮説は出たが、どうもうまくない。

ここまでで、四人のうち意見を述べていないのはぼくだけだ。ああ、またこのパターンだ——。みなからの視線をうっすらと感じる。

間がもたず、カップを口に運びながら考えた。文彦くんの心理に迫らねばならない。なんらかの理由で、よほど鬱憤がたまっていたのだろうか。破壊衝動を抑えがたいほどに。〈スクラップ・ビルダーズ〉——スクラップ＆ビルドということばをもじったこのアニメに、文彦くんはどんな感情を抱いていたのか。

スクラップ＆ビルド——ふと飛来した思いつきにはっとした。

「そうだ、壊して、作る、か」

考えが口をついて出た。すかさず歌村さんがこちらをみる。「なにか思いついたね」

ぼくはうなずき、福来さんに向き直った。「このおもちゃは、パーツ交換はできないんでしたよね」

「うん。さっきもいったけど、出荷時から完成品だからね」福来さんはうなずいた。

「これが自分で組み立てるプラモデルなら、どうしてもパーツを換えたいときにはメーカーに注文できるけど」

「このロボットは、傷ついたパーツを交換できない。それが我慢できなければ、新品に買い直さねばならないと」ぼくはうなずき、核心に切り込んだ。「文彦くんの行為は、それが目的だったとしたらどうでしょう。新品に買い換えてもらうため、あえて壊したどよめきがおきた。「くわしく説明してくれ」福来さんは身を乗り出す。

「仮にですよ、破損したのが頭の角だけだったと考えてみてください。福来さんが親ならどうしますか。新品に買い換えてあげますか」

「そこまではしないな」福来さんはいった。「ボンドで修繕してあげるくらいだね」

「ウチもそうですね」服部さんもうなずいた。「健次郎も、そのくらいの修理なら自分に任せろというと思う」

「では、あちこち壊れてしまっていたら」

「難しいですね」服部さんは悩ましそうにいった。「あまり落ち込んでるようなら、健次郎は買い直そうっていうかも」

「ね。それが文彦くんのねらいだったんじゃないでしょうか」ぼくはいった。「本当は、落として壊したのは角の部分だけだったんです。でもそれだけじゃ新品に買い換えてはくれない。でも、文彦くんは傷ついた機体にがまんならなかった」

これまでの話からうかがえる文彦くんは、家族にも宝物は触らせないなど、いささか神経質なところがみうけられる少年だ。そういう子が宝物に傷をつけてしまったなら、耐えられなかったりはしまいか。

「これが昔ながらのプラモデルなら、パーツ交換をねだる手もありえました。でも福来さんの説明どおり、それはできない。そこで一計を案じた。あえて、もっと破損させる――首と脚を折ってしまうという作戦です。ひどく壊れたロックマスターをみて、健次郎さんが『これは買い換えないとだめだな』といってくれるのを期待した。――廊下に角が落ちていたのも、破損に気づいてもらうための作戦だったのかもしれません。自分から『壊れちゃった』といいだすと、いかにも買い換えてもらいたいというアピールめいていると感じたのではないでしょうか」

自分の手でスクラップにし、新しいものを手に入れる。まさにスクラップ&ビルドだ。

みなはあっけにとられたような顔をした。

「きみもたいがい悪どい推理をするね」福来さんがあきれ気味にいう。

「でも――買い換えはしてません」服部さんはいった。「おねだりもされてもいない」

「これからですよ」ぼくは弁明した。「折をみて、それとなくねだるつもりかと。いまはタイミングを計っていて」

沈黙が降りた。みなをみまわすと、納得したものかどうか、揺れている風である。

やがて歌村さんが首をかしげながらいった。

「一応辻褄《つじつま》は合うけど、さすがにリスクが大きくないかな」

「そうでしょうか」

「だってさ、ねらいどおりに話が進めばいいけど、だめだったらとりかえしがつかない。

実際、買い換えの話は出ていないわけで。ちょっと現実離れしてないかな」

「う」そこを突かれると弱い。反論を思いつけないでいるうちに、福来さんも否定に回った。

「ぼくも無理があると思うぜ。落として壊れたって筋書きでゆくなら、首か脚のどっちかで十分だもの。それ以上はやりすぎだ。落としたくらいじゃこうはならない、と余計な疑惑を招くだけ。現に健次郎さんは変に思った」

「そのどっちかだけじゃ、インパクトが弱いと思ったのかも」

「だとしても、首に加えて脚を折るってのは不自然だ。素直に考えたら首と腕だろ」

「えっ」

「首と脚の間には距離がある。健次郎さんのいうとおり、落として両方いっぺんに折れるってのはありえないよ。これが首と腕ならさ、同時に床にぶつかる可能性もあるだろうけど。落として壊れたってシナリオでゆくならそっちだろ。わざわざ脚を選ぶ理由はない」

「うーん」これまた反論しにくい。

「あとね、文彦くんは、一般的なプラモデルと違って《ＢＯＸ》はパーツ単位の注文ができないことを知ってたのかな」さらに追い打ちをかけるように福来さんはいった。

「十歳の子はそこまでわかってないと思うんだよ。前々からマニアックにこのシリーズをコレクションしていた子ならともかく。——でも、この手のおもちゃを買ってあげたのは、これが初めてなんですよね」

後半の質問は服部さんに向けたものだ。「はい、あとにも先にも」服部さんはうなずく。

ぼくはたずねる。「交換できないのを知らなかったとすると？」

「そもそも、そんなややこしい計画を立てないだろうね。まずはご両親に、パーツが壊れたから交換したいって、ふつうにおねだりするだろ。いや、この手のおもちゃが初めてだとすると、そもそもパーツ交換という発想自体がないかな。するとますます、この説はありえない」

反論できない。そこへ伊佐山さんまで「これは福さんに分があるな」と否定側に与《くみ》しだし、服部さんも「いまの話は、ちょっと強引かも」とうなずく。——ぼくは引き下がらざるを得なかった。

円卓の上を沈黙が覆った。

いよいよ手詰まりである。みな、無言でカップを口に運ぶ。

文彦くんは、なぜロボットを壊したか。大人には推《お》し量《はか》れない心理があるのか——。

「やっぱり、子供がなにを考えてるかなんて、なかなかわからないですよね」あきらめ顔で服部さんはいった。「これはウチの問題だし、健次郎ともういちど話し合ってみます」

「待った。あきらめるのは、もうひとりの話を聞いてからにして」歌村さんはふりかえるとカウンターに声をかけた。「店長、お願いしてもいいかな」

服部さんがおどろいたように歌村さんをみた。

「ここの店長は名探偵なの。服部さんがさっきいってた見立ては正しかったたってわけ」

目を丸くする服部さんをよそに、歌村さんはカウンターの茶畑さんに語りかける。

「こっちにきて、意見を聞かせてもらってもいいかな」

茶畑さんは困ったような顔でこちらを向くと、歌村さんにいった。「私が思うところを述べてもよろしいのでしょうか」

「もちろん。話は聞こえてたでしょ」

「はい。立ち聞きしたようで恐縮ですが」茶畑さんは頭をさげた。「たしかに、ひとつ考えはありますが、なにぶん想像によるところも多く」

「それでもいい、聞きたいです」服部さんが身を乗り出した。

「しかし、あまり憶測を述べるのもいかがなものかと」

「いえ、蛇の生殺しみたいな状態のほうがよほどしんどいです」

ついに茶畑さんも根負けして、ため息をつくといった。

「では話半分にお聞き願えましたら。――その前に、ひとつ質問をよろしいでしょうか」

「ええ、どうぞ」

「文彦くんが『パタリロ!』を読んだ節があるとおっしゃいましたが、何巻まで前に引っ張りだされていたかはご記憶ですか」

突拍子もない質問に、ぼくたちはきょとんとした。

服部さんも当惑しつつ答える。

「最初の三巻です。そこだけほかよりもやや前にとび出ていて。——これが役に立つんですか」

「はい、とても」茶畑さんはうなずいた。

「聞きたいね」福来さんがいった。「だって『パタリロ!』だぜ。あれはなんでもありのハチャメチャまんがではあるけどさ、ものを壊したくなる内容の作品とは思えない」

「私もあの作品が好きです」茶畑さんはいった。「読んでいると夢中になって、つい時間を忘れてしまうところが玉に瑕というもので。家でお茶の支度をしているときにうっかり読みはじめたばかりに、茶葉を蒸らしすぎたこともあります」

「茶畑さんが『パタリロ!』を読むって、意外だね」歌村さんがいった。「でも、それがどう関係するのかはさっぱりだな」

「あれはとにかく、おもしろいものです。それだけに時のたつのも忘れてしまう。——それが今回の核心ではないかと」

ふたたび謎のような一言をいって、茶畑さんは服部さんに向き直った。

「結論を申しますと、ロボットを壊したのは、しおりちゃんだと思います」茶畑さんはあっさりといった。「文彦くんは彼女をかばっているのでしょう」

福来さんが眉根にしわをよせる。「それはさっき否定されたじゃないか」

「文彦くんが壊す理由が考えられないなら、家にいたもうひとりのしわざと考えるのが素直な解釈です」茶畑さんはこともなげにいった。「なにが起きたか順を追って想像するに、しおりちゃんがリビングでお昼寝をしていたとき、文彦くんは服部さまのお部屋にいたのではないかと思います。やがてしおりちゃんが目を覚ました。そうして子供部屋に行き、本棚のロボットに目が向いたのです。いつもは触らせてもらえないロボットがある。兄の目がないのをよいことに、これさいわいと手中におさめた。ところが、それをいじり、振り回すうちに、勢いあまって首と脚を折ってしまった。その際に角も折れ、廊下に飛んでいった」

「悪気なく壊したというのね」歌村さんはうなずいた。「その年ごろのふるまいとしては、ありそうだけど。——でも、四歳の力で振り回したくらいでぽきぽき折れるもんなの」

「はずみによっては、ありえるのではないでしょうか」茶畑さんはいった。「たとえば、脚をつかんで振り回すうち、もげてしまった。あわてて直そうとして無理に押し込もうとし、力の加減を誤って、つかんでいた首まで折ってしまった――といったような経緯があれば」

「ありえるな」福来さんがうなずいた。「関節は《BOX》の泣きどころだからね。マニアのSNSなんかみてても、地震があったりすると、棚から落ちて首が折れたとか、そういう書き込みはしょっちゅうだ。さすがに首と脚がいっぺんに折れることはないけど、店長がいったような流れなら、十分ありえると思う」

「福ちゃんがいうなら、そうなんだろうね」歌村さんは納得したようにいったが、首をかしげた。「でも、くどいようだけど文彦くんにはかばう理由がない」

「本当にそうでしょうか」茶畑さんはかぶりをふると、服部さんにいった。「私は、文彦くんと健次郎さんのやりとりが気になりました」

「やりとりって、LINEのトークですか」

「はい。健次郎さんは出先から『もうちょっとかかるけど、任せておいて大丈夫だよな』とたずね、文彦くんは『うん、よろしく』と答えたのでしたね」

「そのとおりです」

「うっかり聞き逃してしまいそうになりますが、このやりとりの意味を考えるべきだと思うのです」茶畑さんはいった。「ここでものを頼んでいるのは健次郎さんです。しおりちゃんから目を離さず、しっかり留守番をしてほしいと。文彦くんは頼まれる側ですが、すると『よろしく』ということばはなんなのでしょうか。これは明らかにものを頼む側のことばでしょう」

「あっ」

一斉に声があがった。たしかにそうだ——。

「『任せて』といったのならわかります。また、大人なら仕事相手に対する返事として機械的に『よろしく』とつける方もいますが、子供のことばとしては違和感がある。いったい、文彦くんはなにを頼んでいたのか」茶畑さんは服部さんに語りかけた。「ところで、健次郎さんは息子さんと約束を交わすのがお好きなようですね」

服部さんはとまどいの表情をみせる。

「たとえば、学習態度を改善するのと引き換えに、このロボットをお与えになっていましたね。予習のご褒美《ほうび》にチャンネル権を与えていたのもそうです。約束を守った際、なんらかの対価をお与えになるケースがたびたびあったようです」

「ええ、そういう面はありますね」服部さんはうなずいた。「でも、それがなにか」

「健次郎さんは、しおりちゃんのお守《も》りを文彦くんに頼んで家を出ました」茶畑さんはいう。「このときも、見返りになんらかの報酬《ほうしゅう》を約束した可能性はないでしょうか。具体的には、妹から目を離さずに留守番してくれたらご褒美をあげる。そんな約束をしていた可能性は」

「あっ」服部さんは虚を突かれたように口にした。

「お勤めから戻られた服部さまがスーパーに立ち寄った際、健次郎さんはお菓子コーナーにいらした。服部さまのお話では、文彦くんはお菓子についてくるロボットのおまけ――いわゆる食玩にもご執心だったそうですね。お守りの報酬として、食玩を買ってあげるという約束をしていた可能性はないでしょうか。『お守りをするなら買ってやる』といって、健次郎さんは家を空けた。文彦くんの『よろしく』という一言は、その念押しとすれば筋がとおります」

「あ、い、つ――」服部さんは怒りのこもった声をあげた。「ありえます！　ものでつるなといっても、なかなか直らなくて」

「健次郎さんとしては、この約束のことは服部さまに知られたくなかったはず。かねてから、ものでつることの是非で意見の対立があったのですから。火種を投じたくないと考え、黙っておられた」茶畑さんは気まずげにいった。「健次郎さんについて、あれこれ失礼なことを申し上げてしまいました」

「いいんです。お話、説得力があります。健次郎は、そういうところが甘いんです」

「ちょっと待った、話についてゆけない」福来さんが手をあげた。「約束をしてたのはいいとして、それとロボットがどう関係するんだ」

「文彦くんは、しおりちゃんから目を離さないことと引き換えに、食玩を買ってもらう約束をしていた。にもかかわらず、文彦くんはしおりちゃんから長時間目を離してしまったとしたらどうでしょうか。そしてこのときに、しおりちゃんがロボットを壊したのだとしたら」

茶畑さんはぼくたちをゆっくりとみまわした。

「この仮定のもとに、文彦くんの立場で考えてみましょう。しおりちゃんが壊したと明かすのは、約束違反の告白——ロボットの破壊にも気づかなかったほど長く目を離していたことの告白にほかなりません。ましてそのロボットは本棚の高い段にあった。しおりちゃんの行為は、椅子によじ上るという、危なっかしいやり方でなされたものだったとしか考えられません」

「あ」ぼくたちはふたたび、一斉に声をあげた。

「これがバレれば、ご褒美はもらえなくなる。それ以上に、しおりちゃんを危険にさらしたとして、ご両親から怒られることは確実です。それなら自分がロボットを壊したと思われるほうがマシと考えたのではないでしょうか。宝物を失ったのはつらかったでしょうが」

そうか——。

「では、文彦くんが目を離した理由はなにか。——これはおそらく、『パタリロ!』を読んでいたからでしょう。何事も禁じられると心を惹かれるもので、かねてから読みたいと思っていたところに、まんがを読むチャンスがおとずれた。おもしろさのあまり、そのまま服部さまの部屋で読みふけり——しおりちゃんをリビングに残してきたのを忘れてしまった。三巻まで読んだのなら、読みおえるのに一冊あたり二、三十分かかったとして一時間以上。健次郎さんとＬＩＮＥでやりとりしたのもこのときでしょう。その間にしおりちゃんは目を覚まし、子供部屋へ行き、ロボットを壊した。それに気づいたときにはすでに手遅れ、やむなく文彦くんは、自分で壊したといった」

なるほど、それで『パタリロ！』についてたずねていたのか。

「もちろん、目を離すなというのはことばの綾で、健次郎さんとしても、一秒たりとも間をあけず見張っていろという意図でいったわけではないでしょう。ほったらかすなくらいの意味で、文彦くんもそれはわかっていたかと思います。しかしまんがに心を奪われて、しおりちゃんを別室に放置していたとなれば、文彦くんとしてはうしろめたい。ゆえに、本当の出来事を話せなかった」茶畑さんはかぶりをふった。「できればロボットの破損自体、服部さまたちには気づかれたくなかったでしょう。ゆえにロボットを引き出しにしまいこんだ。ただし角だけは廊下に飛んでいっていたためみつけられず、先に服部さまがみつけてしまった。——このような事情だったのではないかと」

「待ってください」ぼくは口を挟んだ。「しおりちゃんは、『お兄さんになにかあったか』と訊かれて『知らない』と答えた。彼女が犯人なら、自分がやったというんじゃ」

「黙っているよう、文彦くんにいい含められたのでしょう。四歳ともなれば、おもちゃを壊すのはよからぬ行為との判断もつきはじめるでしょうし、これさいわいと、その申し出にのったのだと思います」

なるほど――。

「結局、しおりのしわざだったというわけですね」服部さんはつぶやくと、ふと思いついたようにいった。「それ、健次郎は気づいてるんでしょうか」

「おそらくは察しておられないかと」茶畑さんは首を横にふった。「健次郎さんはロボットの修理中、破壊の状態について疑念を呈しておられました。なにが起きたか気づいていたなら、自らいいだしはしないはず。約束の存在がバレやすくなるだけなのですから」

「ああ、そうか」服部さんはうなずいた。

「そのあと、健次郎さんは約束どおり食玩を文彦くんに与えたものと思います。ロボットが壊れたのは約束とは関係のない話ですから。しかし文彦くんとしては父親を騙《だま》したようで罪悪感がある。ふさいでいるのは、そのような理由ではないでしょうか。――私の考えは以上です」

ああ――とみなの口から嘆声《たんせい》がもれた。茶畑さんの推論どおりなら、ロボットが壊された顛末《てんまつ》にすっきりと説明がつく。呆然《ぼうぜん》と聞いていた服部さんも、ゆっくりとうなずいた。

「店長さんのお話、納得できました。いじめとかじゃなくて、よかった——」

ぼくたちを順ぐりにみて、みなさん、ありがとうと頭をさげる。

が、その表情には愁《うれ》いの色が残っていた。しばしの沈黙ののち、ぽつりとつぶやく。

「でも、文彦はうそをついてたのね。しかもしおりから目を離すなんて」

服部さん、と歌村さんが心配そうに声をかける。

茶畑さんはあわてたようにいった。「あくまで想像です。よしんば正しかったとしても、文彦くんをあまりお責めにならないでください。下心があったとしても、ふさいでいるのが良心の呵責《かしやく》を覚えているためなら、これはまっすぐ育っていらっしゃる証《あかし》と思うのです」

といったところで、茶畑さんはこの日一番の恐縮した顔になり、さしでがましいことを申しました、と低頭した。

「そんな、謝ったりしないでください」服部さんがいった。「いまのお話、うれしかったです。そうですよね、文彦も成長してるんだ」

服部さんはうなずくと、今度は心からと思える晴れやかな笑顔をみせた。

しかしすぐに表情を引き締め、低い声でいう。「残る問題は健次郎です。帰ったらじっくり責めたててやります」

これにはぼくらも無言でうなずくばかりであった。

数日後、歌村さんのところに「健次郎が白状。こっぴどく説教してやりました（怒）」との一報があったとか。茶畑さんの推理は今回も正しかったのだ。

しかし本当に子育てとは、予想外なことばかりで、たいへんである。ぼくも姉夫婦に、なにかほしいものでもないかと訊いて贈ろうかしら。甥《おい》っ子向けのおもちゃなんかもいいかもしれない。彼への贈り物に、ロックマスター一号機はまだ早いかな。

そんな風に思うぼくなのだった。


このエピソードを執筆するにあたっては、実際に小さな子供を育てている人の話を聞きたいと思い、子育て真っ最中の姉夫婦に取材をさせてもらいました。義《ぎ》兄《けい》には第二話を書く際にも、アレルギー関連の話を聞かせてもらっており、お世話になりっぱなしです。いつもありがとうございます。

新型コロナ禍の真っただ中とあって、直接の面会はさすがにできず、Ｗｅｂ回線を介してのリモート取材となったわけですが、いやはや、子供のエネルギーというのはおそろしいものですね。

　姉夫婦の娘は、このあとがきを執筆している時点で、じき四歳になろうというところでして、まさに作中のしおりちゃんと同じ年ごろでしたが――まあそのエネルギッシュなこと。取材中も、自分の話をしているとぴんときたのか、モニターの上下左右から——いえ、上はさすがにありませんが——私も交ぜろとばかりに首をつっこんでくる。とにかく映りたいのでしょう。姉から「あっちにいってなさい」と何度いわれてもめげずに「あたしも、あたしも」と連呼してはカメラの前に割り込んでくるので、とうとう姉のほうが根負けし、姪《めい》っ子を膝《ひざ》に抱えながらの取材となりました（さすがに姉にはイヤホンをしてもらって、質問内容は彼女に聞かせませんでしたけれども）。

　もともとのねらいとしては、あくまで子育て中の夫婦という立場から本作の設定などをみてもらいたいということで、子供のほうへの取材は考えていなかったのですが――はからずも子供のエネルギッシュさを目《ま》のあたりにできる、貴重な経験となりました。これなら、作中で描いたような事件も起きるだろう――と変な風に安心したものです。

　いやはや、小さなお子さんをもつご家庭というのは、つくづくたいへんです。そのあたり、多少なりとも、作品に取材の成果を反映できていたらよいのですが……。

なお、作中のロボットアニメに特定のモデルはなく、筆者がこれまでに見聞きしてきた作品群のごった煮です。プラモデルやおもちゃまわりの描写については、くわしい友人の助言を得ていますが、記述におかしな点があれば、その責任はすべて筆者にあります——と、これを書いていて、久しぶりにガンダムのプラモデルやゾイドといったあたりを組み立てて遊んでみたくなりました。ただでさえ本やらまんがやらに埋もれた生活をしているので、その上さらにガンプラを陳列する場所が必要となったりしたら、実際には困ってしまうんでしょうけど。でも、模型のある生活というのは、ちょっとあこがれてしまうところがあります。

最後に、作中で伊佐山さんが触れていた作家たちをご紹介します。

ジル・チャーチルは、コージーミステリの代表選手といっても過言ではないでしょう。『ゴミと罰』にはじまる〈ジェーン・ジェフリイ〉シリーズは、主人公が亡き夫との間に生まれた三人の子供の世話に振り回されつつ、親友やなじみの刑事と協力して事件を解決してゆきます。刑事とのロマンスを添えつつ、家事に推理に大わらわ——これぞコージー！　題名がすべて文芸作品のパロディになっているシリーズと聞けば、ああ、アレね、と思い当たる方も多いのではないでしょうか。ほか、ジル・チャーチルには一九三〇年代のアメリカを舞台にした〈グレイス&フェイヴァー〉シリーズがあります。

レスリー・メイヤーは『メールオーダーはできません』にはじまる〈ルーシー・ストーン〉シリーズが訳出されています。ミステリ好きの主人公が、家族や親友の力を借りて事件を解決してゆく、いかにもコージーらしい楽しい連作です。クリスマス、ハロウィン、感謝祭など、季節の行事を生かした話が多いのも魅力ですね。

カレン・マキナニーも多数の作品が訳出されていますが、伊佐山さんがいっているのは〈ママ探偵の事件簿〉①②です。『ママ、探偵はじめます』にはじまる本シリーズ、主人公が仕事に家事に大忙しなのはチャーチルやメイヤーと同様ですが、こちらは家族の車が大破炎上の憂《う》き目にあったりするなど、はっちゃけた展開もみどころです。

また「〈トールボーイズ〉余話」は、ドロシー・L・セイヤーズによる〈ピーター・ウィムジイ卿〉シリーズの一編です。足跡を残さない謎の桃どろぼうの正体をめぐり、長男のブリードンに疑いがかかったのをピーターが解決する、愉快な一編です。『大忙しの蜜月旅行』に収録されています。

そして『パタリロ!』は一九七八年に『花とゆめ』(白泉社)で連載を開始した、いまなお続くギャグまんがの金字塔です。二〇二一年時点で、単行本はスピンオフも含めると百二十巻を超えます。マリネラ王国の少年国王パタリロが繰り広げる奇想天外な物語群は、ＳＦあり、ホラーあり、ミステリありとさまざまなジャンルを縦横無尽に行き来し、まさに『パタリロ！』ワールドとしかいいようのない唯一無二の世界を構築しています。

コージーボーイズ、
あるいは謎の喪中はがき

「海外のミステリを読んでるとさ、文化風習のちがいってやつを感じるね」

福来《ふくらい》さんがいった。きょうも徹夜で原稿を仕上げてきたという福来さんは、頬に無精ひげが目立つもすこぶる元気で、お茶請けのクッキーをせわしなくかじりながら得々とまくしたてる。

「たとえばさ、欧米の推理小説にはよくグリーティングカードなるものが出てくるけど、あれって日本人にはなじみがないだろ。これだけクリスマスやハロウィンは定着したのにさ。いや、『黒後家蜘蛛《くろごけぐも》の会』を読んでたらグリーティングカードを扱ったエピソードがあってね」

「とくにコージーミステリは、グリーティングカードの出てくる率が高いね」

歌村《うたむら》さんがいった。いつものようにお気にいりのバンドTシャツにジャケットというでたちの歌村さんは、クッキーをつまんでうなずく。「コージーは年中行事をよくネタにするから」

しかしこれに伊佐山《いさやま》さんが異を唱えた。

「いや、福さん。グリーティングカードだけど、日本人になじみがないってのは違うな。そりゃ認識があまい」

福来さんはむっとする。「日本でクリスマスカードとか、欧米みたいに送りあってるか？」

「昔ながらのカードがある。――年賀状だよ」伊佐山さんは細長い顔に得意げな色を浮かべてにやついた。「季節の行事にあわせて送るカードであるからして、これも立派なグリーティングカードだ」

「あ――」福来さんはくやしそうにいった。「盲点だった」

「たしかに盲点っすね」川津《かわつ》ケンジさんがいった。頬骨の張った顔をしきりにうなずかせながら、「なるほどなー」と感心してみせる。

十一月のこと、荻窪にあるカフェ〈アンブル〉では、きょうも《コージーボーイズの集《つど》い》が催《もよお》されていた。窓の外では木の葉が舞い、道ゆく人の装いもめっきり秋めいている。

コージーボーイズの集い――集いの長にして同人誌『ＣＯＺＹ』の主幹である歌村ゆかり、小説家の福来晶一《しょういち》、古書店主兼評論家の伊佐山春嶽《しゅんがく》、そして編集者たるぼくこと夏川《なつかわ》ツカサの四名による、ミステリ談義のための会合である。会のルールは二つ、作品の悪くちは大いにやるべし、しかし人の悪くちはいってはならない。もっとも後者の誓いはたいてい破られる。

今月はゲストとして、福来さんの知人である川津さんをお招きしていた。福来さん行きつけのバー〈POISON〉に勤めるバーテンダーにして、ロックバンド「メドゥーサアイズ」のギタリストである。御年三十二歳だそうで、この日テーブルを囲む面々のうちではやや若い。今年で結成十周年になるこのバンド、ご当人によれば「ぎりぎり食べてゆけないくらい」らしいが、批評家筋には実力派として定評のある、音楽情報誌の常連だ。バーで福来さんが会の話をしたところ、おれも覗《のぞ》いてみたいっすとおっしゃり、それならとお招きしたそうである。赤く染めた短髪に穴の空いたジーンズとTシャツ――ギリシャ神話のメドゥーサが毒々しいタッチで描かれている――といかにもな音楽青年風の川津さんだが、自身が作詞作曲した「そして誰もいなくなった」「密室！」などの曲名からもうかがえるようにミステリの造詣《ぞうけい》も深く、会の面々ともすぐになじんだ。とりわけ歌村さんとはロック好きという点で意気投合し、「そのシャツ、いいっすね」「そちらこそ」などとほめあっていた。ビーチ・ボーイズファンの歌村さんと、かたやゴリゴリのハードロックである川津さんのバンド、志向する音楽性には天と地ほどに差があるけれど、ロック好きの間では些事《さじ》なのだろう。ちなみにぼくはB'zが好きです。

川津さんがいった。「この会がネタにするのって、謎解きだけじゃないんすね」

「ディテールの深掘りこそ、ミステリを読む楽しさですよ」気どった口調で伊佐山さんが応じる。

「いやあ、覗いてみたいとはいったけど、すごく難しい話ばかりしてたらどうしようと思ってたんすよ。マスターも本格派だし」ベスト姿でカウンターにひかえる茶畑《ちゃばたけ》さんをみやっていった。「おれ、こんな恰好だし、うかつなことをいったら叩き出されるんじゃないかとびくびくしてました」

これには茶畑さんも苦笑するばかりである。川津さんはなおも「グリーティングカードかあ――」と感じ入ったようにうなずいていたが、ふと表情を改めると「あれはなんだったのかな」とつぶやいた。

「どうしたの」福来さんがたずねる。

「あ、口に出してました？」川津さんは頭をかいた。「昔、カードがらみで変な体験をしたのを思い出しちゃって」

「ほう」福来さんは身を乗り出す。

「二つ年上の姉がいるんですけどね」川津さんはいった。「サキといって、野生動物が専門のフォトグラファーをやってまして。コレが変わり者で、大学時代は探検部に入って野山を飛び回ってたのが、卒業後は本格的に写真を勉強して、仕事にしちゃったんです。おれもこんな稼業だけど、もっと浮世離れしてる」

「おもしろそうな人だけど、グリーティングカードはどう関係するの」

「あ、すみません。もう何年も前になるけど、サキがですね――」重々しい口調でいった。「喪中はがきを出したんです。友だちから仕事先に至るまで」

「はあ」思わずまぬけな相槌《あいづち》をうってしまった。人間、生きていれば誰かの喪に服するときもあるだろう。

「ところがね、誰も死んでないんです」川津さんはいった。「その年、ウチの親族で亡くなった人は誰もいないんすよ」

福来さんが首をかしげた。「じゃ、喪中はがきを出す必要はないね」

「ありません」

「なら、なぜ出したの」

「それがわからないから、謎なんです」川津さんはしみじみといった。「いまになっても謎のままでして」

親族が亡くなってないのに、喪中はがきを出した？

「たしかに謎だね。けどさ」福来さんはまた首をかしげた。「喪中はがきなら、親族の誰が亡くなったかを書くだろ。そこはどうだったの」

「なにも書いてなかったんです」川津さんはかぶりをふった。「誰それが死んだとかは一切なくて、一言《喪中につき、新年のご挨拶を失礼させていただきます》とあるだけでした」

「ふーむ」福来さんは顎《あご》に手をそえた。「いまの話だと、喪中はがきをずいぶんあちこちに送ったみたいね」

「ですね。いや、おれもサキの知りあいぜんぶに確認したわけじゃないけど」

歌村さんが口を挟んだ。

「お姉さんにわけを訊かなかったんですか」

「訊きましたよ。けど、なぜかはぐらかされて、それっきり――」

「おもしろい」伊佐山さんが生白い腕を組んだ。「誰も死んでいないのに、なぜ喪中はがきを出したのか」

「その、殺人とか密室とかいう謎じゃなくて恐縮っすけど」

「いえ、おもしろいです」歌村さんも伊佐山さんに同調する。「さしつかえなければ、くわしく聞きたいな」

「でも、せっかくの会をおれの話なんかでつぶしていいんですか」

「ここで終わられたら蛇の生殺しですよ」歌村さんのことばに、ぼくたちもうなずいた。

「あれは五、六年前の暮れだったかな」川津さんは天井をみあげていった。「バーで店番をしていたら、常連の安田《やすだ》さんがなぜかおそるおそる入店してきましてね。で、おれをみるとほっとしたように『ああ生きてた。じゃ、亡くなったのはご親族か。ご愁傷様です』というんです。ぽかんとしちゃいました。ご愁傷様もなにも、親戚が死んだなんて聞いてない。なにより、生きてたんだとはなんだ。そう返すと『だって、今年は喪中だってボス――いや、サキさんが』という」

ことばを切ってぼくたちをみまわす。

「この安田さんって人が例の探検部出身なんです。先輩のサキをえらく慕《した》ってましてね、『ボス』なんて呼んだりしてるんですよ。サキに連れてこられて以来、ずっとウチの店を贔屓《ひいき》にしてくれてる。で――安田さんによれば、サキから喪中はがきがきたという。ただし誰が死んだのかは書いてなくて、《喪中につき、新年のご挨拶を失礼させていただきます》とだけあった。『だから、ケンジさんが死んだんじゃないかと心配になって』というわけです」川津さんはふっと息をついた。「いよいよわけがわからなくなりました。サキはいったいなにを考えてるのか」

「サキさんは変わり者といってましたが」伊佐山さんがいった。「いたずらで喪中はがきを送りつけたりするような人ですか」

「そういうタイプじゃないっすね」

「大学では、探検部というサークルに所属してた」

「はい、日本じゅうを探検して回る人たちの集まりです。昔からサキは動物好きだったけど、そこに入ってからはアウトドアに目覚めて、いまも暇をみてはキャンプにいってます」

「野生動物が専門なら、趣味と実益を兼ねてるんでしょうね」歌村さんがいう。

「何事も程度問題ですけどね」川津さんはため息まじりにいった。「キャンプはいいけど、けっこう危険な目にあってるんですよ。大学時代には山で熊にも遭遇したらしいし、沖縄ではハブに嚙まれたりしてるし」

「そりゃあぶない」福来さんは顔をしかめる。

「弟としては気が気じゃないっすね。近ごろは落ち着いたけど」

なるほど、変わり者には違いないが、いたずらで喪中はがきを送るような、陰にこもったたちでもなさそうである。

「お姉さんの名前で調べました」伊佐山さんが携帯端末をテーブルに置いた。「こちらですか」

「そうそう、まんなかがサキです」川津さんは画面をみてうなずき、中央にいる女性を指さした。「これは探検部のFacebookアカウントかな」

居酒屋の座敷で撮ったらしい、若い男女の集合写真だった。

サキさんは小麦色の肌の、きりっとした面立《おもだ》ちの人だった。お仲間よりもだいぶ小柄で、とても週末ごとに探検に勤《いそ》しんでいるようにはみえない。

「この体のどこに、そんなパワーがあるのかと感心しますよ」ぼくの心を読んだかのように川津さんはいった。「これで仲間内では親分扱いでね」

「後輩の安田さんにも、ボスって呼ばれてるんだっけ」福来さんがいう。

「ええ、みんなの姉貴分らしい。こうと決めたらガンガン突っ走るところが恰好いいとかで――。そう呼ばれるの、本人もまんざらでもなさそうです。おれにいわせると高校まではむしろ小心というか、シャイなたちでしたけど、探検部に入ってからは活発になりましたね。居場所で性格も変わるんですねえ」

冒険心と繊細さの同居する方か。それもまた、人間だろう。いわれてみると、みながおちゃらけたポーズをとる中、ひとりまっすぐにカメラをみつめている様からは生《き》まじめな印象もうける。

「あ、また話がそれましたね。――この日はバーが忙しくてそれっきりになったけど、どうにも気になって、仕事明けに母親へ電話したんです。めったに連絡しないから不安がらせちゃいましたが。『最近、ウチの親戚で誰か死んだ?』と訊くといよいよ不審がって『なにがあったのか、さてはバンドの経営が苦しいのか。だから堅気の仕事につきなさいとあれほどいったでしょ。相談にのるから帰ってきなさい。お姉ちゃんはこないだ、正月に帰省するっていってたよ』といらん説教をされました」川津さんは苦笑した。

「結論は、一族みな健勝、死人なしです。ウチの父母はもちろん、母方の祖父母も父方の祖母もピンピンしてた。父方の祖父は大昔に亡くなってるから関係ないし、もっと遠縁なら、逆に喪には服さないっすよね」

「誰か見落としてないかな」福来さんがいう。「おじ、おば、姪《めい》、甥《おい》」

「おっと福さん、喪に服するなら、二親等までだぜ」伊佐山さんが指摘した。

「あっ、そう」福来さんはいった。「でも、サキさんも勘違いしてたかもしれないだろ。三親等の親戚が死んでも出すもんだってさ」

「一応、おじや姪っ子の安否も確認しましたけどね」川津さんが口を挟んだ。「でも、やっぱり死ぬどころか、病気の話ひとつなかった」

「そのはがき、ご親族には届いてなかったんですか」歌村さんがたずねた。「親戚と年賀状のやりとりをするかどうかは、人によってまちまちでしょうけど」

「それなら母の耳に入ってたはずです。地獄耳だから」川津さんは首を横にふった。「もともとウチの一族はつきあいが薄いんすよ。年始の挨拶回りもしないし、顔を合わせるのは冠婚葬祭くらいかな。だから年賀状のやりとりもない」

「ウチもそんな感じだ」福来さんがいった。「しかし、どうして喪中はがきを送ったのかって、このときに本人には訊かなかったの」

「それが、このときサキとは疎遠になってて、訊きづらくて」

「そりゃまた、どうして」

「この一か月くらい前に、ウチのバーにきて酔っぱらったサキと喧嘩《けんか》しましてね」川津さんは頭をかいた。「それで電話するのも気が重くて、それ以上の穿鑿《せんさく》はやめちゃったんです。――ところが安田さんのきた数日後でした。女友だちと電話で話してたら、彼女がいうんです。『川津は喪中なんだってね。私、サキさんに年賀状を送っちゃった』と」

ここで二通目の登場である。

「石川《いしかわ》といって、おれが昔いた軽音サークルで知りあった子ですが――よくウチの店にきてくれるんですよ。で、店にきていたサキとも仲よくなって、友だちづきあいをするようになったんです。その石川が『サキさんから喪中はがきがきた』という。訊くと安田さんと同じで《喪中につき、新年のご挨拶を失礼させていただきます》とだけ書かれていたと。誰の喪中でもないというとびっくりしてました」

川津さんはぼくたちをみまわした。

「こうなると不安になるわけですよ。サキはほかにもあちこち送ってるんじゃないか、と」

「すると、三人目があらわれたのかな」福来さんの問いに、川津さんはうなずいた。

「はい、倉木田《くらきだ》さんといって、サキが出入りしている広告代理店の人でした。彼女もサキが連れてきたのがきっかけで常連になってくれた人です。サキとは世代が近いせいで、プライベートでもつきあいがあるんですね。——石川と話した翌日の夜にやってくると、カウンターにかけて『サキちゃんも災難続きねえ』という。ぴんときて『喪中はがきですか』と訊くと、ドンピシャでした」

「誰が死んだか書いてないやつが届いたわけだ」

「はい。事情を説明すると心配になったようで『そういえば、サキちゃん悩んでたな』といいだしました。『最近、大口のクライアントから切られたらしくてさ。よくある話だと笑いとばそうとしてたけど、つらそうだった』と」

「ふーむ」と福来さんはうなった。「同じ自営業者としては身につまされるね」

「しかもプライベートでもいろいろあったらしくて、『春にサキちゃんと女子会をしたとき、恋人と別れたと嘆《なげ》いてた』というんですね。なんでも沖縄でハブに嚙まれたのがきっかけでお相手から愛想をつかされたらしい。『毎度キャンプだ、撮影だとほったらかされたあげく、こんな心配までさせられたらついてゆけない』といわれたそうです」

川津さんはため息をついた。

「まずいなと思いましたよ。災難が続いたせいで、少しおかしくなってるのかもしれない。こうなると、あと何人に送ってるか知れたもんじゃないし、さすがに放っておけなくなって、サキに電話しました」

「どうなった」福来さんがせっかちに身を乗り出す。

「出てくれませんでした」川津さんはため息をついた。「留守番電話にメッセージを入れましたが、一日たっても返事がなかった。もうじかに聞くしかないと、サキの住んでいる高円寺に出かけました」

話は佳境に入りつつあるようだ。ぼくの手にも自然と力が入る。

「ついたのは昼前で、いったん腹ごしらえしてからいくかと駅前の中華料理屋に入りました。何度かサキに連れられてきた店で、台湾出身のおじいさんがやってる、ちょっとディープな中華です。半分、居酒屋みたいなせまくるしい店で、天井から『福』と染めぬかれた丸い赤提灯《あかちょうちん》がぶらさがってて、壁には『医食同源』と書かれた色紙を貼り出したりしてね。メニューも高麗人参《こうらいにんじん》のスープとか、サソリの唐揚げとか、カエルの炒《いた》めものとか、そういうやつで――」

「そういうところのつまみはうまいんだよな」辛党の福来さんがいった。

「入るなり店主がおれをみて『あんた、サキさんの弟さんね』というんです。昔きたのを覚えてたんですね。暇だったのか、サキさんは最近どうしてるのと話しかけてきた。それを知りたくてきた、と答えると心配そうに『昔はよく探検部の後輩さんを連れてきてたのに、近ごろおみかぎりで寂しい』という。いつからと訊くと、『春先からかね』との答えで、倉木田さんの話と一致します。さらに店主は『先週も商店街でみかけたけど、暗い顔をしてたね』という。やはりふつうじゃないらしい。のんびり食べてるばあいじゃないと、すぐに店を出ました」

川津さんはお冷やでのどを湿《しめ》すと続けた。

「サキのアパートは駅からすぐで、入居時に引っ越しを手伝ったから場所はわかっていました。到着すると、見覚えのある管理人のおじさんが『まったく、いつもいつも』と悪態をつきながら、アパートの外壁に描かれた落書きを洗いおとしている。高円寺は落書きが多いですからね――。まあ庶民的なアパートです。横を失礼して、部屋の呼び鈴を鳴らしたけど返事がない。すると作業を終えたおじさんがやってきて『弟さんだね、川津さんは留守だよ』といいました。彼もおれの顔を覚えてたんですね。出直したものかどうか悩んでいると、おじさんは『さて、あたしはお帰り前に撤退しなきゃ』といって奥の階段下に道具をしまいこみはじめます。妙にひっかかるいい回しですよね。はてな、と思ったところで、彼はおれのうしろに目をやって気まずそうにする。『あれ?』という声がしたんでふりかえると、サキがカメラと買い物袋を提《さ》げて立っていました」

川津さんはふっと息をついた。

「おじさんはそそくさと退散してしまいました。サキに向き直ると、なぜか顔を青くしています。ますます不安になりましたよ。急にきたのは悪かったけど、留守電には一報を入れてたし、青くなるような話じゃない。――立ち話もなんだから、と部屋には通してくれましたが、目を合わせてくれない。ろくろく、こっちをみようともしないんです。

『留守電は聞いたか』と訊きました。『ごめん、忙しくて』とサキはいいましたが、それにしても返信くらいできますよね。無視したな、と思ったけど追及はしないで、はがきの件をたずねました」

　川津さんはぼくたちをみまわした。

「ところがサキは『はがきって？』としらばっくれる。『喪中はがきだよ。みんなに送ってるだろ』というと、ようやく『ああ、アレね』といいましたが、『なんでもないよ』とはぐらかす。頭にきて『そんなわけないだろ。誰も死んでないのに、なんで喪中はがきを出す必要があるんだ』というと目を泳がせて『その、ちょっとした気まぐれ。あんたに関係ないでしょ』と開き直る。つい興奮して『関係ないことあるか、心配したんだよ』といいつのってしまいました。おれも気が高ぶってたのかな、思わず涙ぐんじゃいましてね。それをみて、サキもおどろいたようで、泣かなくてもいいじゃん、ばかだな――と笑いました。少し心をひらいてくれたのか、態度もやわらいでね。――でも、それ以上は『なんでもないから』の一点張りで、頑《がん》として理由を教えてくれなかった」

「では、真相は――」

「わかりません。うやむやのまま年を越してしまいました。その後、サキとはなんとなく和解できたけど、いまも喪中はがきの意味はわからない」ここでぼくたちをみまわした。「どうです、なにかわかりますか」

「不思議だなあ」福来さんはしみじみといった。「きみんとこに通ってずいぶんたつのに、こんな謎を隠してたなんて、ずるいぞ」

「はあ、すみません」この難癖にも川津さんはすなおに頭をさげる。

「福ちゃん、因縁をつけるのはよしなさい」歌村さんがいった。「でも、ほんとに不思議ですねえ。親族はみな元気なのに、なぜ喪中はがきを出したのか」

たしかに奇妙だ。職業意識が刺激されてしまう。これにミステリらしい題をつけるなら「死者なき喪中はがきの怪」、あるいは「謎の喪中はがき」あたりか――。

益体《やくたい》もない考えにふけるぼくをよそに、福来さんが議論の口火を切った。

「前提からいこう。まず、川津さんの知らない親族がいたりはしないのかな。で、その方が亡くなったという可能性はないの」

「ええ、しっかり調べました」

「これはちょっとした盲点だね」伊佐山さんが口を開いた。きざに脚を組みかえると、自信ありげに川津さんに問いかける。「お姉さんは犬か猫を飼ってたんじゃありませんか」

川津さんははっとしたようにいった。「サキはペットの喪に服そうとしたと?」

「そう。人がその死を悼《いた》むのは、なにも人間だけとは限らない」伊佐山さんは得々として語る。「サキさんはペットを亡くしたんでしょう」

「悲しみのあまり、喪中はがきを出したというの」歌村さんがいった。

「そうです。誰が死んだか書いてなかったのにも、それなら説明がつく。さすがにちょっと気が引けたんですね。しかし晴れやかな気分で新年を迎える気にはなれない。明けましておめでとうと寿《ことほ》ぐ年賀状などみたくない。そこで誰が亡くなったかは伏せた上で、喪中はがきを出した」

しかし川津さんは首をかしげた。「ちょっとしっくりこないっす」

「なぜです」

「部屋にペットを飼っていた気配がなかったんで」川津さんはいった。「そういうのってわかるじゃないですか。ペット用の皿が置いてあったり、においがしたり」

「ペットが死んだのは、川津さんの訪問よりずっと前だったんですよ」伊佐山さんは反論する。「それならペット用品は片づけ済みだったろうし、においも薄れている」

「そのアパートって、ペットOKの物件ですか」歌村さんがたずねた。

「あ、だめだ」川津さんはいった。「引っ越しのときにサキがいってた。ここはペット不可だって」

「いや、ペットといっても哺乳類とは限らない。熱帯魚とか、爬虫類《はちゅうるい》だってありえるでしょう。それならこっそり飼おうと思えば飼える」

しかし川津さんは首を横にふった。「よく考えたら、サキがペットを飼うのは無理ですよ。だって毎週のように旅行に出かけてますもん。そんなんじゃ面倒はみられないですよね。旅行のたびに人に預けてたわけでもないだろうし」

これにはぐうの音も出なかったようで、伊佐山さんは沈黙した。

「でも、人間じゃないというのはいい線いってるかも」歌村さんがいった。「動物じゃなくてさ、好きだったキャラの喪に服してたとしたらどうかな」

「キャラって、フィクションの登場人物ですか？」ぼくはたずねた。

「そう。突飛に聞こえるかもしれないけど、実例はある」歌村さんはいった。「力石《りきいし》徹だよ、『あしたのジョー』の力石。『少年マガジン』に力石が死んだ回が載ったあと、ファンが彼の葬儀をしたって知らないかな」

「有名な話だ」伊佐山さんがうなずいた。「ミステリにも例があります。一八九三年、シャーロック・ホームズが『最後の事件』で死んだとき、喪章をつけて出歩いた人たちがいたんですよ」

「ね。キャラクターの死を悼むってのは昔からあるんだよ」歌村さんはいった。

なるほど、いくら死んだ人を探してもみつからないはずだ。なかなかに説得力があったが、福来さんは首をかしげた。

「キャラの喪に服したとして、わざわざそれを世間に知らせますかね。それに悲しみをアピールしたいなら、どのキャラが死んだのかを書かないと、受けとったほうはわけがわからない」

「さっき伊佐山さんもいってたけど、やっぱり、無邪気にお祝いするはがきをもらいたくなかったんじゃないかな」歌村さんは反駁《はんばく》した。「キャラ名を出さなかったのは、世間体をはばかってのことで」

しかしこれには川津さんが異を唱えた。「どうでしょう。サキもまんがやアニメに興味なしとはいわないけど、流行《はや》りものにふれる程度だし、そこまで入れ込むかな」

「でも、人がなにかにハマるときは一瞬ですよ」歌村さんはいった。「ウチの母も去年、急に宝塚にハマって」

「そこまでなにかにハマったんなら、倉木田さんがいってたと思うんですよね。最近のサキはこんなだと」川津さんはかぶりをふった。「でも、そういう話はなかった」

「あら」歌村さんはことばにつまる。

「川津さんに分がありますね」と伊佐山さんがいい、歌村さんは「いい線だと思ったけど」といいつつ引き下がった。

「ふたりとも、難しく考えすぎだね」福来さんが鼻の穴をふくらませる。「もっとシンプルに考えればいいのに」

「ご高説、承《うけたまわ》ろう」伊佐山さんが皮肉っぽく応じる。

「簡単な話だよ。親戚は増やせるだろ」福来さんはいった。「つまりね、サキさんは密かに結婚してたんだよ。式はあげずにね」

「けっこんっ」川津さんが叫んだ。「おれ、知らない——」

「まあ聞いて。——ところが、とんでもない不幸がサキさんをみまった」福来さんは痛ましげな顔をした。「結婚して早々、お相手が亡くなってしまったんだよ。そこで喪中はがきを出した。これなら説明がつく」どうだ、とばかりにみなをみまわす。

「結婚って、誰とですか」川津さんがたずねる。

「ずいぶん忙しいね」歌村さんも首をかしげた。「整理すると、恋人と別れて、それから夫となる人と出会って結婚して——その人が亡くなった？」

「ふたりの疑問にはまとめて答えられる。サキさんは、おつきあいしていた恋人と結婚したんですよ。倉木田さんに『別れた』といったのはことばの綾で、死別したのをそう表現した」

川津さんは納得していない顔である。「結婚したなら、おれら家族に報告があると思いますけど」

「お相手が訳アリの人で、隠しておきたかったのかもしれない」

「その場合、はがきに自分の苗字はどう書いたんだ」伊佐山さんがいった。「結婚して、相手の姓に変えてたら、受けとった人は気づくはず。いまの日本じゃ、まだ夫婦別姓は認められてないし」

これを聞いて歌村さんは、別にいいじゃんね、夫婦が別姓でも。なんでわるいの――と顔をしかめ、「いずれは変わるでしょうけど」と伊佐山さんは応じた。

「ええと、苗字が変わってたという話は聞いてないっすね」川津さんがいった。

「じゃ、夫のほうが改姓したんだ」苗字には考えが及んでいなかったのか、うろたえつつも福来さんはいった。「あるいは仕事上、旧姓を通すことにしたのかもしれない。フォトグラファーなんてのは名前が看板だし」

「それでも無理がありますよ」川津さんはいった。

「なんでさ」

「サキがつきあってた恋人ってのは、倉木田さんの知りあいなんです」川津さんはあっさりといった。「彼が亡くなってたら倉木田さんがいうはずです」

「じゃ、別の人と結婚したんだ」福来さんはあっさり前言を翻《ひるがえ》した。「で、彼が死んだ」

「だとしても、やっぱりだめです。倉木田さんはあくまで『恋人と別れたと嘆いてた』といってましたもの。結婚相手との死別を『別れた』といったのなら、相手の呼び方は『恋人』じゃなくて、『夫』とか『旦那』とかですよね」

福来さんは目を泳がせた。

「川津さんのいうとおりだね」と歌村さんがジャッジをくだし、あえなく福来説も却下となった。

沈黙が降りる。これでいまだ意見を述べていないのはぼくひとりとなった。

天井をにらんで考えをめぐらした。根本に戻ろう。喪中はがきは、一族の誰かが死んだから出すものだ。ならば、やはり川津さんの一族で亡くなった人がいるはず。祖父母でも、父母でも、おばやおじでもなければその子供でもなく、みすごされている誰かが――。

そこで閃《ひらめ》いた。ひとりいる。あまりにサキさんに近すぎ、みおとされていた人物が。

興奮が表に出ていたらしい。「なにか思いついたのね」と歌村さんがいう。

「原点に立ち返るべきでした」ぼくはうなずいた。「喪中はがきは、親族の誰かに不幸があったときに出すものだという点に」

「それならさんざん話したでしょ、誰も亡くなってないって」

「いえ、一族なのにみのがされてきた人がいます。――サキさんですよ」ぼくは核心をつげた。「このはがきは、サキさんの喪を知らせるものだった。正確にいえば、サキさん自身の死を前提にしたものだったんじゃないでしょうか」

どよめきがおきた。

「サキは死ぬ気だったっていうんですか」川津さんは動揺も露《あら》わにいった。

「軽々《けいけい》に口にすべき話じゃないのは承知してます」ぼくは頭をさげた。「でも、サキさんが自らの死を計画していたとすると筋がとおるんです」

「聞こう」福来さんがいう。

「サキさんはその年のうちに死のうと決めていた。――そこで思ったんじゃないでしょうか。毎年、年賀状をくれる人に申し訳ないと。死んだ人に年賀状を送ったと後でわかったら、やはり寝覚めが悪いでしょうから」

「だから先回りして喪中はがきを送ったんですか」川津さんがいった。にわかには信じられないといった顔だ。「年賀状がこないようにするために」

「それなら誰の喪中か書かなかったのにも説明がつくでしょう。これから私は死にますので、というわけにはゆきませんからね」

「でも、なぜ死のうだなんて――」

「やはり災難続きでこたえたのかと。仕事でもプライベートでも大事なものをなくして、参っていたんでしょう。精神状態が危うかったのは川津さんが聞き込んできた話からもうかがえます。商店街を暗い顔で歩いていたのもそうだし、アパートの管理人と何かあったらしいのも、不安定な心のあらわれだった」

「で――でも、サキはいまも元気ですよ」川津さんはいった。「ピンピンしてます」

「そこは川津さんのお手柄で、ようすをみにいったのがよかったんですね」ぼくは答えた。「そのときまで死を考えていたけど、川津さんに気遣われ、翻意《ほんい》したんじゃないでしょうか。それまでの諍《いさか》いも不問にして心配してくれる肉親の存在に気づき、もう少し生きてみようと思った」

「で、憂鬱《ゆううつ》から脱却するきっかけになった」福来さんがうなずき、伊佐山さんも腕を組んでうなった。「筋はとおる」

しかし歌村さんは納得ゆかないようすで、どうかなあと首をかしげた。

「おかしなところがありますか」

「こういういい方もなんだけど」ためらいがちにことばを継ぐ。「死のうとしていたわりに、ずいぶん簡単に立ち直るんだなって。そりゃ、喧嘩をしてた肉親に心配されるのはうれしいだろうけど」

「人の心理は、外からは測りがたいものですよ」痛いところを突かれたが、反論した。「外野が聞く分にはささいな一言でも、当人にとってはこの上ない救いのことばになりうる」

「百歩ゆずってそれは認めても、やっぱり無理がある」歌村さんはいった。「川津さんもいってたでしょ、サキさんは正月に帰省するつもりだったたって」

「え」

「川津さんが実家に電話したときだよ。お母さまから、お姉ちゃんは正月に帰省するといわれてたじゃない」

「あっ」

ああそうでした、と川津さんはうなずく。

「年内に死ぬつもりの人が、正月に帰省する予定は立てないんじゃないかな」

反論できない。答えに窮《きゅう》していると、福来さんも首を縦にふった。「いい着眼点だったけど、ちょっと無理があったな」

ぼくは椅子に沈み込んだ。

かくしていつものごとく議論百出したが、決め手となる推理は現れなかった。となれば、あの人の出番である。

「うーん、そろそろ手詰まりかな」はたして歌村さんも同じ思いだったようで、カウンターのほうに向き直った。「店長はどう思う」

川津さんはおどろいたようにカウンターをみた。洗いものをしていた茶畑さんは水を止め、静かに頭をさげる。

「恐縮ながら、横からうかがっておりました。こういういい方も失礼と存じますが、ユニークな体験をされましたね」

「はあ、まあ」といいつつ川津さんは説明を求めるようにぼくたちをみまわす。

「店長は名探偵でね」福来さんはいった。「いままでもこういう謎解きをしてきたけど、最後に解決するのはいつも彼なんだ。くやしいけど」

「私はただ、みなさまが筋道をつけてくださったあとに口を挟んでいるだけです」

「謙遜《けんそん》はいいから」歌村さんも慣れたものでさらりとあしらった。「もう推理はまとまってるんでしょ、顔をみればわかるよ」

「はい。いささか当て推量になりますが」

「かまわない。ねえみんな、聞きたいよね」

ぼくらはてんでにうなずく。

「それでは」茶畑さんはタオルで手を拭くと、カウンターを回ってやってきた。待ってましたとばかりにぼくらは身を乗り出す。

茶畑さんは川津さんにいう。

「お召しのシャツは、ご自身のバンドのオリジナルグッズなのでしょうか」

「これっすか。……ええ、ウチのバンドのやつです」川津さんはうなずくと、身をよじって背中をみせてくれた。Tシャツの背にグラフィカルなロゴでMEDUSAと書いてある。「デビュー時に調子こいて大量に作っちゃったんすけど、売れなくて。山ほど在庫があるし、事務所も宣伝に協力しろっていうんで普段から自分でも着てるんですが」

首をかしげてしまう。特に奇をてらったところもない、ごくふつうのTシャツである。

これが一体――？

「やはりそうでしたか」茶畑さんはうなずいた。「次の質問ですが、アパートを訪問された際、管理人さんが外壁を洗っていたそうですね。どんな風に清掃していたかを覚えておられますか」

「どんな風に、ですか」川津さんはいよいよ当惑していたが、やがて答えた。「ふつうに専用の落書き洗浄剤を使ってたと思いますけど。スプレー缶のやつでしたね。溶けた塗料は、外の蛇口にホースを繋《つな》いで洗いおとして――」

「ありがとうございます。最後にもうひとつ。五、六年前に起きたとのお話でしたが、実はもっと前――二〇一二年のことだったのではありませんか？」

ここでぼくたちの間にもとまどいの空気が広がった。推理の際、茶畑さんが意図のわからない質問をするのは毎度のことだが、今回はまたとびきりだ。だが、はたして川津さんはというと、「え？　どうだったかな」と首をかしげ、四年前の冬があぁで、その前がこうで、と指を折って数えていた末に、頭をかきながらいった。

「やー、すみません、勘違いしてました。たしかに二〇一二年です。思ったより前でした」

ぼくたちはどよめいた。川津さんはいや、すみませんと頭をさげた。

「ありがとうございます。おかげさまで筋道がついたようです」

「マジですか」

茶畑さんはうなずきつついった。「これは二〇一二年の出来事というのが最大のポイントだったのではないかと思います」

「年が大事なんですか」ぼくはたずねた。重大なヒントらしいが、頭の中には疑問符が咲き乱れるばかりだ。じらさないでよ、と福来さんもいう。

「失礼しました。端的に申しますと、これは恐怖心の問題だったのでしょう」茶畑さんは頭をさげながらいった。「誰しも、怖いもののひとつや二つはございましょうが――恐怖心にもいろいろありまして、物心ついたときから、あるものがわけもなく怖いというパターンもあれば、なんらかの事件をきっかけに、いわゆるトラウマを発症するケースもある。サキさんの場合は、後者だったのではないでしょうか」

ぼくたちはきょとんとした。恐怖心？　どこからそんな話が出てくるのか。

「はがき以外にも、サキさんはいろいろと不可解なふるまいをなさっていました。管理人さんの反応、中華料理店から足が遠のき、川津さまをみて青ざめたこと。これらはすべて、ある答えを示しています」

「いまのがぜんぶ関係しているっていうの」福来さんが問う。

「そのように思います」茶畑さんはうなずいた。「おそらくサキさんは、沖縄でハブに嚙まれて以来、蛇の恐怖症になったのではないでしょうか」

「蛇の――恐怖症？」ぼくたちは一斉に声をあげた。

「はい。恐怖症としてはポピュラーかと思います。文字どおり、蛇が怖くて仕方ないという精神状態ですね。みなさまのご討議中、私はＷＥＢ上にあるＭＳＤマニュアルで少少調べました」ＭＳＤ——十九世紀に米国で発行されて以来、いまなお改訂され、ＷＥＢ公開もされている医学事典だ。「素人《しろうと》の読みかじりで恐縮ですが、限局性恐怖症——いわゆる恐怖症を定義した項をみますと、《特定の状況、環境、または対象に対する持続的で不合理な強い恐怖》とあります。蛇の苦手な方は多いでしょうが、度を越して日常生活に支障をきたすレベルになると、これは恐怖症という段階になるのですね」

「はあ」

にわかにはじまった精神医学の講義に、思わず間の抜けた返事をしてしまう。

「ハブの毒は危険なものです。血清が遅れれば死に至る。サキさんにとって、それは恐ろしい体験だったでしょう。この体験をきっかけにハブ——ひいては蛇全般に恐怖をいだくようになったとしても不思議はありません。これはゆえなく申し上げているわけではなく、根拠があります。川津さまが高円寺で見聞きした事ごとが物語っています」

「おれがなにか」川津さんはおどろいたようにいう。

「ひとつは、川津さまのお召し物です。サキさんのアパートを訪問なさったとき、川津さまをみてサキさんは青ざめたとおっしゃいましたね」

「ええ。なにか気まずい事情でもあったのかなと思いましたけど」

「それであれば、川津さまのお姿を認めた時点で青ざめているはずです」茶畑さんはかぶりをふった。「しかし実際には、川津さまがサキさんに向き直ったときに青ざめたというお話でした。すなわち、川津さまがうしろを向いている分には何事もなく、正面を向いたときに問題が生じたわけです」

ここでいささか想像が交じるのですが、と茶畑さんは前置きし、続けた。

「ご自身のバンドのTシャツなら、デビュー当時から同じもの、同じデザインだったのではないか。そして日ごろから普段づかいしているというお話でした。サキさんを訪問したときも、やはりそのシャツを着ていらしたのではないか。サキさんは、それをみて恐怖に駆られたのではないか、と考えたのです。川津さまが部屋に上がったあと、目をそらすようにしていたのも、そのためでしょう」

「たしかに、あの日も着てたかもしれないっすけど。なにがまずい——」川津さんはそこまでいいかけたところで己《おのれ》のシャツをみおろし、あっといった。

茶畑さんはうなずいた。

「メドゥーサは、髪の毛が蛇の怪物です。サキさんはそれをみて恐ろしく感じたのではないでしょうか」

「あ——」

「もうひとつは、アパートの落書きです」茶畑さんは続けた。「管理人さんは壁を洗浄したあとにやってきて、『お帰り前に撤退しなきゃ』といっていたそうですね。おそらくですが、以前に洗浄時のホースをめぐってサキさんと衝突したことがあったのではないでしょうか。ホースの形状は蛇を連想させます。そのためサキさんが自分のいるときにするなと苦情を入れ、トラブルになっていたのではないでしょうか」

「なるほど!」みなが口々に納得の声をあげた。

福来さんも感心したようにうなずいていたが、ふと表情を改めた。

「おかしなふるまいのわけはわかった。けど、中華料理店にゆかなくなったのはどうして」

「もしかすると、店内に蛇がいたのかもしれません」

ぼくたちはぽかんとする。

「川津さまのお話では、この店は本場志向といいますか、医食同源をうたったり、食材も高麗人参やカエル、サソリを使ったりと滋養強壮によさそうなメニューが充実しているようです。そうした店ならお酒もひと味違うものを置いていてもおかしくない。たとえば、マムシの焼酎《しょうちゅう》づけですとか」

そうか!

川津さんは勢い込んでいった。「あるある、ありましたよ。カウンターの奥の棚に、マムシ酒の瓶詰めが——」

茶畑さんはうなずく。

「それが原因かと存じます。瓶の中に大きなマムシが漬け込んであるというのは、恐怖症でなくてもグロテスクに感じる方が多いでしょう。まして恐怖症であれば――贔屓にしていた店でも、足が遠のくのもやむを得ない」

うーむ、とぼくたちはうなった。かずかずの不可解なふるまいが、蛇恐怖症という一点でいとも簡単にほどけてゆく。

「サキさんが蛇恐怖症だったのでは、ってのは理解できたよ」歌村さんがいった。「でも、肝心のところがわからない。蛇と喪中はがきと、なんの関係があるの」

「ここで喪中はがきの謎が発生した年を思い出していただきたいのです」

「二〇一二年――なにかあったかな」

「この年は辰《たつ》年です」茶畑さんはいった。「すると翌年は、何年でしょうか」

「なにって」歌村さんはいった。「巳《み》ど――あっ」

みなの顔に理解の色が走った。そうか――。

「翌年の二〇一三年は巳年、つまり蛇年になります」茶畑さんはいった。「この年のはじめに、日本全国でなにが起きるか。そう、各家庭に年賀状が届きますね。これらの賀状のほとんどには干支《えと》の絵があしらわれています。市販のはがきにはたいてい干支がプリントされていますし、自分で絵を描き込む方も多いでしょう。無地のはがきでも、官製はがきなら切手欄に干支があしらってあります」

「サキはそれが怖かったんですね」川津さんはつぶやいた。

「はい、蛇の描かれたはがきが大量に押し寄せてくる——サキさんにとって、それは耐えがたい恐怖だったのではないでしょうか。そこでみなに喪中はがきを送り、年賀状が届かないようにした」茶畑さんはいった。「誰が亡くなったわけでもありませんので、当然、誰の喪中かはぼかした文面になります。年の瀬になってサキさんは暗い顔をして商店街を歩いていたそうですが、それも道理ですね。じきにやってくる年賀状を思い、どうしたものかと悩んでいたのでしょう」

「で——でも、いくらなんでも乱暴じゃないか」福来さんはいった。「ほかにやりようはなかったの。たとえば、蛇がトラウマになったんで送るな、とみなに頼むとかさ」

「たしかに、いささか乱暴ではあります」茶畑さんはいった。「けれども『怖いから送らないで』と頼むのにも、いろいろと問題がある。まず、たいへん手間がかかります。ひとりひとりに電話して、かくかくしかじかと説明し、理解してもらう。ありふれた話ではないですし、説明にはそれなりの時間がかかるでしょう。まして友だちならまだしも、仕事上の相手に電話して、精神的な弱みをさらけだして頼むというのはなかなかつらくはないでしょうか。また、うかつに仕事先に伝えてしまうと、フォトグラファーとしての仕事に差しさわりが生じるかもしれない。川津さんは蛇がダメになったらしい、じゃあ、なにかあっても困るし今後は野山での撮影を頼むのはやめておこうか――というように」

「その危険はあるね」歌村さんはうなずいた。

「探検部の方々にもいいにくかったでしょう。みなからボスと慕われているところからして、ある種の豪傑のようなもちあげられ方をされているようです。そうした立場を得ていたサキさんにとって、蛇が怖くなったと告白するのは『ボス』としての沽券《こけん》にかかわるでしょうから」

「た――たしかに」川津さんは呆然《ぼうぜん》とした顔でうなずく。

「というわけで、はがきを送らないでと頼むのは、いろいろと難しい。かといって送られてきたものを、えいやとばかりに捨ててしまうのにも抵抗があったのでしょう。ためらいなく年賀状を捨ててしまう方もいるようですが――やはり一般的には、捨てがたく感じるのが人情かと存じます。それならいっそ、と喪中はがきを送りつけ、年賀状が送られてこないよう手を打った。川津さまのお話では、サキさんはこうと決めると一本気につき進む性格のようですし、この解決策を思いついたら、躊躇《ちゅうちょ》なく実行したのではないか。――私の考えは、以上です」

ぼくらは唖然《あぜん》とするばかりだった。サキさんの行動は突飛だが――すべてに説明がつくのも事実だ。

「でも、おれにはわけを教えてくれてもよかったのに」川津さんがいった。

「喧嘩の最中だったので、弱みをさらしたくなかったのかもしれませんね」茶畑さんはいった。「身を案じてくれたことには感謝なさっていたようですが、そこはそれ。おふたりが喧嘩をしていなければ、また話は違ったかもしれません」

川津さんはしみじみとため息をついた。「まさか、こんな事情だったとは」

茶畑さんはあわてたようにいった。「あくまで想像ですので、話半分に願えますでしょうか」

「いや、納得がいきました」川津さんは携帯端末を取り出した。「おれ、サキに確かめてみます。このままじゃ、みなさんも蛇の生殺しで——あ、シャレじゃないっすよ」

「教えてくれるかな」歌村さんが疑念を呈する。

「やってみなけりゃわかりません」川津さんはいった。「もう仲直りしたし、いまなら教えてくれるかもしれない」

川津さんは電話をかけた。

しばしの沈黙ののち、「ああ、ケンジだけど」と川津さんはいった。サキさんが電話に出たのだ。「ちょっと訊きたいことがあって、いいかな」といいつつ、店の隅にいって小声で話し込みはじめる。

「——そうだったんだ、たいへんだったな。いや、おれも気づけなくてごめん。またウチにきてよ、一杯おごる」

通話を終えて戻ってくると、川津さんはしみじみといった。「店長さんの推理どおりでしたよ」

茶畑さんもほっとしたように息をついた。「いい加減な当て推量にならず、安心しました」

「人間、怖いものがあると、いろんなふるまいにおよぶもんだねえ」歌村さんもしみじみ感心したようにいったが、ふと心配そうな顔をした。「でも、サキさんもたいへんですね。野生動物が専門なのに。蛇が怖いのなら、野外の仕事は難しいんじゃないかな」

「いまはもう、かなり症状は寛解してきたそうです。もうすぐまた巳年がくるけど、次の年賀状はかわいい蛇デザインのやつでいくつもりだっていってました。サキの年賀状、とてもいいんですよ。そうだ、店長さん、もし写真のご用命があったら、おれにいってください。格安でなんでも撮影させますから――」

そういって川津さんは笑った。


この作品については「なんとか間に合ったかなあ」という思いがあります。年賀状という風習がすたれきってしまう前に、アイデアをちゃんと作品の形にできた、という思いです。

本作の根幹となるアイデアは、かつて小噺《こばなし》風の作品にしたてて内々の同人誌に発表したところ、妙にウケがよかったものでした。口頭で聞いてもらった方々の反応もまずまずだったので、いつかはきちんとした形で世に出せたらいいな、と思っていたのです。

ところがそんな風にぼんやりと考えているうちに、世の中からは急速に年賀状の風習がすたれはじめてしまいました。電子メールやＳＮＳの発展ゆえか、はがきによる年賀状は年々数を減らしているらしく、二〇〇三年発行分の約四十四億六千万枚をピークとし、二〇二〇年発行・二〇二一年用の分はおよそ二十一億三千四百万枚にとどまったとか。それでもすごい数ではありますが――。この減少ぶりは私の体感からもうなずけるところで、いつの間にか、数えるほどにしか年賀はがきをもらわなくなってしまいました（それはおまえの友人や知人が減っているからじゃないかって？　聞こえません）。新年の挨拶もペーパーレス、これも時流でしょうが、いささかさびしい。

このまま十年、二十年したら、紙の年賀状なるものをみたことすらない世代が現れるかもしれない。そうした方々には、このアイデアもぴんときにくいものになるでしょう。うっすらと焦りを覚えつつあったところで、この〈コージーボーイズ〉連作執筆の機会をいただき、チャンスだっとばかりに書きあげたというわけでした。

　それはそれとして、やはり紙の年賀状に親しんできた身としては、この風習が細々とでも残ってくれたらな、と思います。紙の書籍と電子書籍のすみわけがなされているように、紙の年賀状も生き残ってくれればよいのですけれども。はてさて、どうなるのでしょうか。

　閑話休題。本作の冒頭で歌村さんたちが、コージーミステリにはグリーティングカードの出てくる率が高いのでは？　との説を提唱していますが、これは私の実感でもあります。試しに私の手もとにあるコージーミステリを数十冊ほど適当に開いて探したところ、かなりの確率でクリスマスカードという単語を拾い出せました。ですので、それなりに妥当《だとう》な説なんじゃないかなと考えているのですが、いかがなものでしょうか。もっとも、コージーミステリではない作品群と比較して統計をとったわけではないですし、あくまで体感レベルの話として受けとっていただければと思いますが……。

コージーボーイズ、
あるいは見知らぬ十万円の謎

「ダシール・ハメットはいいね。彼の小説は自らの体験が生きてる」

紅茶を口にしながら伊佐山《いさやま》さんがいった。古書店主にして評論家の伊佐山さんは、細い体をカフェ〈アンブル〉の椅子に預け、ハメットという作家――ハードボイルドの始祖だ――がいかに優れているか、評論家然とした口ぶりで称賛する。

「あれは探偵社勤めの経験が実にうまく生かされてるよ。いや、私も最近読み返してね、感心したんだ」

「ハメットをほめるなんて、コージーミステリ好きの風上にもおけない」

伊佐山さんの発言に、作家の福来《ふくらい》さんがかみついた。アンチ・ハードボイルド派をもって任じる福来さんは、黒ぶちめがねの奥でまなじりを決して、さっそく臨戦態勢である。

「福さん、コージーとハードボイルドは対立する概念《がいねん》じゃないよ」伊佐山さんはいった。

「そんなものわかりのいい意見なんて、聞きたくもない」

「そういわずに、まあ、聞きなさい。歴史的な経緯から、対立軸でとらえたくなる気持ちもわかるけどね。でも、コージーミステリの存在自体が、べつにハードボイルドを否定しているわけじゃない。お茶や食事の描写が多いのも、舞台が狭い村や町なのも、素人《しろうと》探偵が活躍するところにしてもさ。あちらはあちら、こちらはこちらだ」

「異議あり――」

伊佐山さんが滔々《とうとう》と自説を述べれば、福来さんは反駁《はんばく》しと、両者の議論はいつ果てるともしれない。

そんなふたりのやりとりを、ゲストの二宮正樹《にのみやまさき》先生がぽかんとしてみつめていた。白皙《はくせき》の顔に心配そうな表情が浮かぶ。「ああ平気ですよ、いつものことなんで」と主催の歌村《うたむら》さんがフォローするも、まだ心配そうにしているので「大丈夫ですから」とぼくもフォローに回った。

寒さも身にしみるある冬の日のこと、カフェ〈アンブル〉では、きょうもまた《コージーボーイズの集《つど》い》が催《もよお》されていた。

二宮さんはデビュー作『十万円で世界を救う方法』のヒットで注目を浴びた、次世代のホープとされる作家である。ブラック企業づとめの経験を生かしたとされるその作品は、世相を反映した新世代の青春小説として支持を集め、すでに映像化も噂されている。ここはひとつ、わが編集部でもアプローチしましょうとの話になり、このぼく夏川《なつかわ》ツカ

サがその任務をおおせつかった。打ち合わせを重ねるうちに、ひょんな運びからこの会の話題になり、

「おもしろそうですね、ぼく、ミステリも好きなんです」

というのでお招きしたのだが――。

斯界《しかい》のホープたる二宮さんだが、いざやってくると初対面の相手を前に緊張したのか、いささか受け答えがぎこちない。店長の茶畑《ちゃばたけ》さんが丹精こめて淹《い》れた紅茶も二宮さんをリラックスさせるには至らず、そこでぼくはとっつきやすい話題のつもりで、

「先生の作品は、なんといってもブラック企業のディテールがすごいですよね。やっぱり、キャラクターも元同僚の人をモデルにしたんですか」

といったのだ。ところがあにはからんや、福来さんと伊佐山さんのコンビがこのことばにくいついてしまい、ゲストそっちのけで議論をはじめてしまったというわけだった。

「体験は重要だし、二宮さんの作品はすばらしいよ。ただ」福来さんは熱弁をふるう。

「作家はさ、想像力でもって人間の本質に迫らなきゃ。殺人の経験がなくても、殺人鬼を描いてなんぼでしょ」

「お説ごもっともだが、福さんの場合、まさにそこがちと弱いからなあ」伊佐山さんはほっそりした指を胸の前で思案げに組んだ。

「弱い?」

「そう。悪者を書いても、頭でこしらえてる感じがね。――気をわるくしないでよ。やっぱり経験の有無《うむ》というか、あまり身近にそういう人がいなかったんじゃないか」

「福ちゃん自身、なんだかんだまじめだしねえ」歌村さんがいった。そういう当人はというと、これは社会に対する反抗心のあらわれでもあるまいが、ローリング・ストーンズのロゴ入りTシャツを――真冬だというのにジャケット一枚羽織《はお》っただけで――着用している。福来さんの血色のわるさにくらべ、こちらは肌つやがよい。「実家もたしか、けっこういいおウチだったよね。育ちがいいのかな」

「失敬な。悪事自慢なんてしたくはないけど、こうみえても地元じゃそこそこワルだったんですよ」福来さんは胸を叩いた。「そのうえで経験には頼らず、想像力でもって人間の本質に迫るのが創作者の矜持《きょうじ》じゃないですか」

「へえ、地元ではワルでとおってたんだ。どんなわるさをしでかしたの」

「いやその、学校をサボったり」

しまらない回答に、みな一斉に噴き出した。

「福さん、たいしたワルだねえ」伊佐山さんがにやついていった。

「きみたちはばかにするけどね、ウチの学校は厳しくて、授業をサボタージュするというのは体制側に対するはっきりした抵抗だったんだぜ。ぼくは抵抗の証《あかし》として、サボタージュに励《はげ》んだものだった」

「あれ、むかしエッセイで、学生時代はほぼ皆勤賞だったって書いてなかった?」

歌村さんの指摘に福来さんは赤くなった。

「わかるよ」伊佐山さんがますますにやついた。「武勇伝ってのは盛りたくなるよな」

だから、悪事自慢じゃないぞと福来さんが反駁したところで——「そろそろおやつにしようよ」と歌村さんがいったため、ひとまずこの件はおしまいになった。

〈アンブル〉名物、季節限定のスイーツはガトーショコラだった。濃厚なチョコレートが舌の上でとろける、重量感のある一品だ。横に生クリームと、苺《いちご》がひとつぶ添えてあるのがうれしい。

しばし議論から離れ、お茶とケーキに舌つづみをうった。ジャンルの定義は難しいが、コージーの象徴ともいえるお茶とケーキの組みあわせだけはいつだって揺るぎのない正解である。これには福来、伊佐山コンビも異論はないだろう。はたして福来さんはたいへん機嫌《きげん》よく、誰よりも早くガトーショコラをたいらげた。

甘味が緊張をほぐしてくれたらしい。二宮さんもようやくリラックスしたようすでいった。

「ワルといえば、ぼくもまあまあ学校はサボったクチです」

「意外だね。そんな風にみえない」福来さんがいった。

「若気のいたりで」二宮さんは頭をかいた。「といっても、みなで夜の街に繰り出して盛り場で騒いだりとか、その程度ですけどね。もうみんな社会人になって落ち着きましたし。このあいだもぼくのデビューを祝ってくれて――」そこでふっと口を閉ざした。

「どうかしたの」

「ああ失礼しました。いえ、そのパーティのあとで謎というか、おかしな出来事があったのを思い出しまして。それでもやもやしてて、執筆にも身が入らなかったもので、つい」

「謎ですか」歌村さんが目を輝かせた。血色のいい頬をさらに紅潮させて身を乗り出す。

「や、ミステリ好きの方々にお聞かせするような話じゃないですよ。殺人事件とか、密室とかじゃなくて、もっとささやかな謎ですから」

「ますます気になりますね」歌村さんはくいさがる。

「困ったな。――実はですね、仕事場の机の引き出しに、五万円と少々を封筒に入れてしまっていたんです。それがいつの間にか倍の額に増えてて。ね、たいした話じゃないでしょう」

「増えた？　なくなったとか盗まれたとかじゃなくて、増えたんですか」

福来さんの質問に二宮さんはうなずく。

ぼくたちは色めきたった。たいした話ではないというが、どうしてこうして、不可解な謎ではないか。

「それ、不思議ですよ。さしつかえなければくわしく聞きたいです」歌村さんがいった。

「長くなりますよ」

「かまわないよ、ぜひ」「聞きたいですね」いがみあってばかりの福来さんと伊佐山さんも、こういうときばかりは団結力を発揮する。先輩諸氏のくいつきに二宮さんはたじたじとなりながら、

「そうですか。それでは――」

といって天井をみつめると、おもむろに語りはじめた。


「著述業に専念するにあたって、机を買い替えたんです」

二宮さんはしみじみと思い返す口ぶりでいった。

「それまでずっと、子供のころから使ってた学習机で書いてたんですけど、本格的に環境を整えたいと思って、ライティングデスクを買ったんです。中古品ですが、仕事場に置いてみるとこれがなかなかいい。環境を整えると気が引き締まりますね。いい機会だから身の回りのこともきちんとしようと思って、確定申告用の書類を整理したり、引き出し貯金を作ったりしたんです」

「ヒキダシチョキン?」福来さんが首をひねった。

「いざというときのために、新札は備えておけっていいませんか。一種のタンス預金と

いうか、非常時用の貯金というか。二宮家では引き出し貯金って呼んでたんですが」

「ああ、急な冠婚葬祭に対応できるよう、ピン札を用意しておいたりする」

「そうです、それです。親戚の子にお年玉をあげるときとかにも役立ちますよね。ちょうど手元にほとんどピン札に近いお札がたまってたんで、一万円札を五枚、千円札を三枚、封筒に入れて引き出しにしまっておきました」

「しめて五万三千円なり、と」

二宮さんはうなずいた。

「で、気持ちもあらたに執筆に励んでいましたが――次の日、そんな気分もおじゃんになるような出来事がありました。結花《ゆか》――妹から電話がかかってきたんです。切り出しにくそうに、暗い声でいうんですよ。『あのね、例の会食に龍一《りゅういち》もきたいっていってるんだけど。みなも呼んでパーティしようぜって。いいかな』と」

苦々《にがにが》しそうな顔をしていった。

「会食というのはですね、週末に結花とふたりでデビュー祝いをするつもりだったんです。いいワインでもあけてね。そこへ結花と交際している、沢村《さわむら》龍一というやつが交じりたいといってきた。――龍一は高校時代からの友人でして。地元の不動産会社に勤めていて、同じ町内に住んでいるんで、いまもあちこちで顔を合わせるんです。なにかにつけて騒ぐのが好きなタイプで、祝ってくれるのはいいんですが、つきあっているとちょっと疲れさせられる。親分肌で、わるいやつじゃないんですけどね」

二宮さんはふっとため息をついた。

「だから面倒だな、というのが本音でしたが、龍一は強引でいいだしたら聞かないし、結花も止められなかったんでしょう。実をいえば、龍一には使いっぱしりみたいにされたときもありましてね、情けないけど、いまも強く出にくい。断るのも角《かど》が立つし、みなを呼んでのパーティを承知しました」

二宮さんは肩をすくめると、紅茶を口にした。

「パーティは自宅でやりました。二年前に相続した家で、古いけど広さだけはあるんです。ぼくみたいな独身のひとり住まいだと、正直もてあましてしまうくらい」

「うらやましいな」福来さんが素直な感想を述べる。

「あばら家ですけどね」二宮さんは謙遜《けんそん》した。「当日は昼から結花もきて、あれこれ準備を手伝ってくれて。夕方の五時ころになると、三々五々みなが集まってきました。山内くん、橋田さん、小野くん――全部で六人になりました。

はじめはなごやかでしたよ。お祝いのことばをもらって、それからめいめい近況報告をしたりして。仕事はどうだとか、子供が生まれたとか。地元の友だちばかりですから、昔話に花が咲きました。それはいいけど、だんだん龍一がわるい酔い方をしはじめた」

「絡み酒をするタイプかな」福来さんがいった。

「絡むだけじゃありません」二宮さんは顔をしかめた。「さっきの話じゃないけど、過去の悪事自慢をするんですよ。しかもぼくを巻き込んで。ふたりでわるさをしたよなとか、そんな話を蒸し返す。ああ、誤解しないでください」二宮さんはあわてたように手をふった。「さっきもいったとおり、せいぜい仲間と盛り場に出て――煙草をふかすとか、酒を飲むとか、その程度です。結花も『やめなよ』といってくれたんですけど、龍一はきかなくて、べらべらまくしたてるんです。『おれたちもワルだったな。教師のバイクをパクってさ。五台は盗んでさばいたな』だの、『三年のとき、Z校のやつらをボコったじゃん、あれ書けよ。ウケるって』だのと。だいぶ酔ってましたね。日焼けしてるからわかりにくいけど、よくみると髪の生え際まで真っ赤にして。五台盗んだとか、うそですよ！　その、一度だけ失敬したりしましたけど、ちゃんと返しましたから。でも龍一はしつこくて」

「いまどきツッパリブームでもないですがねえ」

伊佐山さんが肩をすくめた。

「ぼくもそういったんですけどね、龍一はすっかり調子にのって。『成功するにはさ、やっぱリアルさってやつがないとだめじゃん。あ、センセーたちが読むのを気にしてるとか？　バレやしないって』というんです。さらには『炎上がこわい？　Z校のやつらに読まれたくない？　だからバレないって』とかね。まあ、しつこく絡まれました」

めいわくな人もいるものだなあ、と福来さんが憤慨《ふんがい》する。

「ぼくもあてられてしまいまして、べろべろになるまで飲んでしまって――気づいたら零時を回っています。さすがにいい時間だし、おひらきにしようとなりましたが、龍一は飲み足りなかったのか、『もう一軒いこうぜ。払いはもつから』といって結花たちと消えてゆきました。結花は残って片づけを手伝ってくれるはずだったんですけど、強引につれていかれてしまって。まったく」

二宮さんはうらみがましい口調になった。

「結花は『一杯飲んだら戻るから』と調理道具を置いて出ていったんですけど、なんだかんだひきずり回されたらしくて、戻ってきたのは翌朝の十時でした。訊くと、朝の四時までつきあわされたそうで。それから一度帰宅して、仮眠をとってきたといっていましたが、疲れの色は隠せてませんでしたねえ。ぼくはぼくで一晩寝ても二日酔いが抜けきらず、ふたりでぐったりしながら片づけをしましたよ。あれはしんどかった」

なるほど沢村さんというのは、周囲をふりまわす人らしい。「お友だちはお酒に呑まれるタイプみたいね」と歌村さんがいい、同じタイプであるところの福来さんは、いささか気まずそうな顔をしている。やれやれ、というように二宮さんは首を横にふって続けた。

「そのまた翌日になって――おかしなことに気づいたのはこのときです。ホチキスを捜していて、机の引き出しを開こうとしたんです。ところがこれが開かない」

「中で定規でもひっかかってたとか」と福来さんがいう。

「中古品だったせいか、買ったときからぐあいがわるかったんです。奥まで押し込むと開かなくなってしまうんですよ。だからあえて閉めきらずにいたんですけど」

「それがきっちり閉められていたと」

二宮さんはうなずいた。「へんだなと思いましたが、とにかくそのときは開くのが先決です。机ととっくみあって、なんとか引きずり出しました」

「ホチキスはみつかったの」

「おかげさまで。しかしそこで気づきました。引き出しを閉めたのは誰だ――と。うちに出入りする人間はぼく以外、誰もいません。するとパーティの参加者以外にない。仕事場は二階にありますが、当日はみな家じゅうふらふら歩き回ってて、勝手に入り込むやつがいてもおかしくない雰囲気でしたし」

アルコールが入った状態ならそんなものかもしれない。

「そこまで考えてはっとしました。引き出し貯金を入れっぱなしだ！　机に触ったやつが中を覗《のぞ》いて、封筒に気づいたとしたら。薄い封筒だから、目を凝《こ》らせば中にお札が入っているのは透けてみえます。不安になって確かめました」

「すると、どうでした」福来さんが円卓に身を乗り出す。

「さっきお話ししたとおりです。盗まれるどころか、逆に増えていたんですよ」両手をかかげ、指を広げてみせた。「心当たりのないピカピカの一万円札が十枚、封筒から出てきたんです。ぼくが入れたのよりきれいな、指が切れそうなピン札が十枚入っていました」

「五万三千円から、四万七千円の増額ですか」歌村さんがいった。「たしかに、ほぼ倍ですね」

「びっくりしますよね。もともとの金はどこにいったのか、この新しい十万円はどこから湧いてきたのか。パーティの参加者なら、封筒の中身に手をつけるチャンスはありました。でも、なんでこんなまねをしたのか。意図がわからなくて、もやもやするんです。そのせいで原稿が進まないったら」二宮さんはかぶりをふった。「とまあこんなわけです。いかがでしょう」

みなの口からもため息がもれる。

ささやかとはいうけれども、なかなかどうして不可解な状況だ。

机にしまっていた五万三千円が、心当たりのない十万円に化けていたという謎か。編集者の頭になって考えた。それらしくタイトルをつけるなら、さしずめ「見知らぬ十万円の謎」といったところか。いや「机から飛び出した十万円」のほうがいいか。益体《やくたい》もない考えにふけるぼくをよそに、「難題だね」といって福来さんは腕組みをし、天井をにらんだ。「大前提から検討しよう。そもそも五万三千円しか入ってなかったのはたしかなの。ほんとは十万円入れていたのを勘違いしてるとか」

二宮さんは首を横にふった。

「数日前に入れたばかりですからね、勘違いしようがない」

「じゃ、なにか手がかりはないかな。どんなささいな点でもいいから」

「手がかりといっても」

二宮さんは困ったようにうなっていたが、やがて手を打ち鳴らした。「ああ、いいそびれていましたが、お金が増えただけじゃないんです。封筒も別のものになっていました」

「ほう」ぼくたちは声をあげた。

「ごくふつうの封筒ですけどね。長《なが》3封筒って呼び方でいいのかな。よくダイレクトメールで使われてるような、縦横がそれぞれ二十センチ強と十センチちょっとくらいの白いやつで。元の封筒と似てたのですぐには気づきませんでしたが、よくよくみると微妙にちがう。元のは縁《ふち》が少しケバ立っていたんですが、もっときれいな状態のものに変わっていました」

「すると誰かが、封筒ごとすりかえたわけか」伊佐山さんが思案げにいう。

「仕事場には誰でも入れたんですか」歌村さんがたずねた。

「ええ。みな酔って勝手に歩き回ってましたし」二宮さんは苦笑した。「カギをかけてたわけでもないので」

「となると、機会よりも動機から考えたほうがいいかもしれない」歌村さんがいった。

「お祝いというのはどうかな」

福来さんが首をひねる。「なんのお祝いですか」

「デビュー作がヒットしたお祝いとか」

「うーん、それでお金を包むというのがぴんとこない。仮にそうだとしても、ふつうに渡せばいいじゃないですか」

「おおっぴらに渡せない事情があったのかも」歌村さんは二宮さんに目をやった。「失礼な質問かもしれませんが、喧嘩《けんか》しているお友だちはいませんか」

「はあ、喧嘩ですか」

「その人はね、本心では二宮さんと和解したいし、お祝いしたいけど、気まずくて顔を出せないんですよ。そこで事情を知る第三者――パーティにきた誰かですね――に頼んでお金を渡してもらった」

二宮さんは遠慮がちにかぶりをふった。「心当たりはないですねえ」

「やっぱり違和感がありますね」福来さんも首を横にふる。「仮に十万円がほんとうにお祝いで、その第三者なる人物がお祝いの封筒を引き出しに入れたとします。じゃ、もともとの封筒はどこへいったんです。その第三者氏が持ちかえったんですか」

「そこだよねえ」歌村さんはうなずいた。「私にも説明つかないんだけど。――誰かなにか思いつかない」

残念ながら思いつかない。ぼくらが首を横にふると、じゃあちがうねと歌村さんはあっさり自説を撤回《てっかい》した。

「パーティというのがポイントじゃないですかね」

伊佐山さんが口を開いた。ものを考えるときのくせで、糸のような目をさらに細め、顎《あご》の先をしきりにひねくりまわしている。「思うに、これは余興というか、いわゆるドッキリだったんじゃないかと」

「ドッキリって、ぼくをおどかすためですか」

二宮さんはいう。

「そう。『十万円で世界を救う方法』というタイトルにひっかけたいたずらです」

「でも、誰が」

「沢村さんという人は子供っぽいタイプみたいだ。彼があやしい」伊佐山さんはいった。

「計画はこうです。沢村さんはこっそり仕事場に入り込むと、封筒を引き出しに入れ、先生が開けるよう仕向ける。謎の十万円に当惑する先生をみて、みなで笑う。そんなお遊びです。ところが」

伊佐山さんはかぶりをふりつつ続けた。

「偶然にも、引き出しには似たような封筒が入っていた。予定のくるった沢村さんはパニックになり、とっさに二つの封筒をすりかえたというわけです」

「よくわからないな」福来さんが待ったをかけた。「なんですりかえる必要があるの。元からあった封筒の上にでも置いとけばいいじゃない」

「だから、パニックになってたんだよ。だいぶ飲んでいたらしいし、酔いで正常な判断ができなかった」

「春《しゅん》さん、それ、万能のいいわけだね。だいいち、別の封筒が入っていたからといって、どうしてパニックになるの」

福来さんが顔をしかめた。たしかに苦しい弁明である。二宮さんも首をかしげた。

「ドッキリなら種明かしがありそうなものですけどねえ」

「酔ってたせいですよ」伊佐山さんは弁解するようにいった。「酔いすぎてネタバラシを忘れてしまったんです。そのまま元の封筒も持ちかえってしまったんでしょう。いまごろどうしたらいいか悩んでるかも」

「苦しいな」福来さんがいった。「みなでみて笑うっていうけど、だったら沢村さんが忘れてても誰か気づくんじゃないか」

伊佐山さんはことばにつまった。

「だいたいドッキリにしちゃ地味すぎる」と歌村さんも追いうちをかける。「十万円だけぽんと置かれてもさ、なんだコレ？　で終わりじゃないかな。黙ってお金を置いて反応をみるって、パーティのいたずらにしてはジメっとしてるというか、陽気な感じがしないよね」

「わかった、わかりました。この説はとりさげます」

とうとう伊佐山さんは白旗をあげた。

むくれた顔でカップに口をつける伊佐山さんを横目に考えた。陽気な感じがしない、か。

そうかもしれない。こっそり机に忍ばせておくという手口からは、どちらかというと、表立っていえない思いのようなものを感じる。表立って——。

はっとした。もしかしたら、とても単純な答えだったのかもしれない。

ぼくはいった。

「慰謝料《いしやりよう》だったんじゃないでしょうか」

「慰謝料、ですか」

二宮さんは当惑したように繰り返した。

「そうです。お金をそっと残してゆくというのは、いかにもうしろめたそうな感じがすると思いませんか」

「そういわれれば、まあ」二宮さんはあいまいにうなずく。

「この行為からは少なくとも悪意は感じません。きれいな封筒を使った点からも、むしろ気づかいを感じます」

「誰からの慰謝料だっていうの」歌村さんがいう。

「想像するしかありませんが」ぼくはいった。「沢村さんにはだいぶ迷惑をかけられたとか」

「あいつが過去を悔いたというんですか」二宮さんは首をかしげた。「たしかに高校時代はパシらされたり、カツアゲまがいにむしられましたけど」

「それですよ。その行為を悔いたんです。ただ、いまさら面とむかって謝るには気まずさが先にたった。でも、お詫びはしないと気がすまない。そんな心境だったとしたら」

「うーん、パーティでのふるまいからみるかぎり、あまり殊勝《しゅしょう》な態度にはみえませんでしたけど」二宮さんはいった。「昔どおり傍若無人《ぼうじゃくぶじん》で」

「うん。反省しているようには聞こえなかったな」福来さんも同調する。「それに、歌村さんの説と同じ弱点がある。慰謝料として十万円をもってきたとしよう。それはいいとして、元の封筒はどうしたの。自分のふところに入れたの」

「ええと——慰謝料として十万円包んできたものの、引き出しのお金をみた瞬間、やっぱり五万円くらいでいいやと思ったのかも。そこで十万円入りの封筒を置いて、元あった封筒は差額として自分のふところに入れた」

われながら苦しい。はたしてみなは納得していなかった。「めちゃくちゃだ」「そういうのを説明のための説明というんだ」「無理があるね」と次々に声があがる。

とどめとばかりに二宮さんもかぶりをふった。「ちょっと、ご都合主義にすぎるかと」

「ですね」ぼくは椅子に沈み込んだ。

意見は出尽くしたのか、みなことば少なに飲みものに口をつけはじめた。

こうなると、少々くやしいが、やはりあの人に頼むしかない。

「みなさん、そろそろ店長の出番かもよ」

はたして歌村さんも同じ考えだったようで、うしろをふりかえるといった。

「店長はどう思う」

カウンターの隅にひかえていた茶畑さんは、申し訳ございません、といいつつ頭をさげた。常に冷静沈着かつ折り目正しい茶畑さんは、きょうも杉のごとくぴんと背筋を伸ばし、フォーマルなベストがよくにあっている。「また、横からお話をうかがってしまいました」

「いいの、こっちが勝手に大声でしゃべってるんだから。で、どうなの」

二宮さんはぽかんとしている。ぼくは説明した。

「店長はね、名探偵なんですよ。この会では不思議な謎がもちこまれるときがありまして、そのたびに解き明かしてくれるんです」

「およしください」茶畑さんは端整な顔立ちに困ったような表情を浮かべた。「私など、みなさまが謎を整理してくださったところに、横から口を挟んでいるだけで。今回もみなさまのお話をうかがって、なるほどいろいろな動機が考えられるものだと感心しました」

「謙遜もすぎるといやみだよ」歌村さんはじれったそうにいう。「なにか考えがあるんでしょ」

「では、僭越《せんえつ》ながら申しますと」そこで茶畑さんはことばを切った。「動機はたしかに重要ですが、誰にできたのかを考えるのも、ときに有効かと思います」

「ぼくらのアプローチがまちがってたっていうの」むくれたように福来さんがいう。

「そうは申しません」茶畑さんはあわてて首を横にふった。「ただ、動機からアプローチしてはかばかしくないときは、別のルートを試すのも一手かと」

「前置きはいいから」歌村さんがじれったそうにいった。「じゃ、誰がやったの」

「その前に、念のため二つだけ確認できれば。——二宮さま」

「はい、なんでしょう」二宮さんはびっくりしたようにいった。

「十万円の入っていた封筒は、元の封筒とよく似たものだったのですね」

「ええ。ただの白封筒ですが」

「封筒をしまったのは机を買ってすぐのことだったそうですが、そのときからパーティまでのあいだに、ご自宅にいらした人はいますか」

二宮さんはかぶりをふった。

「なら、その封筒をパーティ前に目にした方はいないわけですね」

茶畑さんはくどいほど念をおす。たしかにそうなるけれども。

二宮さんは当惑しながらうなずく。

「やはりそうでしたか。ありがとうございます」茶畑さんは頭をさげた。

「あのう、封筒がなにか」

「封筒については不思議な点があります」茶畑さんはいった。「犯人は、どうやって元の封筒と似たものを用意できたのでしょう」

ぼくたちはきょとんとした。

「封筒というのはどれもおおむね似通った形や大きさにはなります。とはいえ、色、サイズ、紙質、郵便番号欄の有無など、さまざまなバリエーションがございます。そのすべてが偶然に一致する可能性はかなり低い。すなわち、元の封筒がどんなものかを見聞きせずに、よく似た封筒を用意するのは難しいのです」

茶畑さんはかぶりをふって続ける。

「では犯人はいつ、元の封筒を目にする機会があったか。パーティ前にご自宅を訪れた方はいないのですから、パーティ当日か、それより後となります。では、十万円の入った封筒を置く機会があったのはいつか。これはパーティ中に抜け出して封筒を調達してきたのでない限り、翌日以降となります」

みなとっさに飲み込めないようすだったが、やがてめいめいの顔に理解の色があらわれていった。

「二宮さま、パーティの途中で抜け出して、また戻ってきた人はいましたか」

「いません。ぼくも酔ってたけど、そんな人がいたらさすがに覚えています」

ようやく話のゆくえがわかりかけてきた。するとと犯人は——。

目を伏せて茶畑さんはいった。「したがいまして犯人は、パーティの翌日にいらした人物。結花さんである可能性が高いと思われます」

二宮さんはうめくようにいった。「結花が」

「厳密に可能性を検討するなら、ほかの方が犯人である可能性もゼロではありません。パーティ当日に持参した封筒が元あった封筒とたまたまよく似たものだったケースも想定しうるからです。ただ、その可能性はかなり低いだろうというのは先ほど申し上げたとおりです」

ああ——という声がみなの口から漏れ出た。

「片づけを手伝ってくれた、あのときに置いたのか」二宮さんは呆然《ぼうぜん》としていう。

「封筒からのアプローチは盲点だったな。いわれてみれば当然なのに」福来さんはくやしそうにいう。「どうして気づかなかったかなあ」

「みなさま、動機に気を取られすぎたのでしょう」茶畑さんはいった。「私はみなさまの検証が難航しているのを拝見していましたから、ちがうルートから考えてみようと思ったのです」

「でも、それはそれとして動機はなんなの」歌村さんは首をかしげた。「まさかドッキリってわけじゃないんでしょ」

「ひとつ考えはあります」茶畑さんは困ったようにいった。「ただ、これはある方への中傷になりかねないので申し上げにくいのですが」

みなの懇願《こんがん》するような視線を浴び、茶畑さんは「話半分に願います」といって続けた。

「沢村さんが、過去の悪事を自慢していたというのが気になりました」

ぼくらは顔をみあわせた。

「過去は過去です。いまの人柄と直接繋《つな》がるものではありません。しかし、うかがうかぎりあまり昔を悔いている風でもないようで、そういう方が、なにかのはずみで仕事場を覗き、引き出しを開けてしまったら。そこで封筒の中身に気づき、出来心をおこしてしまったとしたら――。酔っていれば、衝動的なふるまいに及びやすいものですし」

二宮さんはあんぐりと口を開けた。「龍一が盗んだというんですか」

茶畑さんは頭をさげた。「ご友人に疑いをかけてしまい、申し訳ありません」

「や、あいつはたしかに悪ふざけでそんなこともしかねないけど。でも、それに結花がどう関わってくるんですか」

「次のような出来事があったのかと思います」

茶畑さんはいった。

「引き出しにお金の入った封筒をみつけた沢村さんは、これさいわいと封筒をふところにおさめます。おひらきとなって、沢村さんは結花さんたちと連れだって帰った。次の店では払いをもつといっていたそうで、太っ腹なところをみせたのも、臨時収入があったゆえかもしれません。そうして連れてきた人々に、『ちょっと小づかいをもらってきた』といったぐあいに封筒の中身をちらつかせて、自分の行為を披露した」

「自分から悪事を話したのか」福来さんが声をあげる。

「カウンターに立ってお客さまの話をうかがっておりますと」茶畑さんは小さくため息をついた。「ご自身のしでかした悪事を自慢したがる方はたしかにおられるようです。本来、悪事というのは隠しておきたいものですが、いっぽうでご自身の蛮勇ぶりを示すために口にする方もおられます」

ああ！　とみながそろって嘆声《たんせい》をあげた。

そう、先ほどもそんな話をしたばかりではないか。

「結花さんはおどろきます。いくら旧知の間柄で、酔いもあるとはいえ、交際相手の兄からお金を盗むとはなにを考えているのか。しかし返すようにいってもとりあわなかったのでしょう。恋人の説得に見切りをつけた結花さんは、しかたなく自らこっそり戻そうとした」

「そこまではわかるよ」福来さんが口を挟んだ。「結花さんが犯人と聞いて、そこまではぼくも考えた。でも、五万三千円が十万円に化けちゃったのはどうして」

「少々、話を盛ったのでしょう」

茶畑さんのことばに、ぼくたちはきょとんとする。盛ったとは？

「己《おのれ》の戦果というのは大げさに吹聴《ふいちょう》したくなるものです。人の心理として、実際よりも話をふくらませるのは、けして珍しい行為ではありません」

「あっ」みたびみなが声をあげた。

そう、伊佐山さんもいっていたではないか。武勇伝というのは盛りたくなるものだと。福来さんも主張したではないか、日々抵抗していたと。ほんとうは皆勤賞に近かったというのに。

そして沢村さんは高校時代に盗んだバイクの数を増やし――。

「つまり沢村さんは、実際よりも高額のお金を盗んだといったのね」歌村さんがいった。

「はい。五万三千円というのは半端な額です。見栄をはって誇示《こじ》する金額としては、十万円というのは手ごろなところかと思います。その金額を結花さんは鵜呑《うの》みにした」

茶畑さんはかぶりをふった。

「結花さんは銀行が開くのを待ち、十万円分の新札を入手したのでしょう。調理道具の回収と片づけにかこつけて再訪し、隙《すき》をみて十万円入りの封筒を机に入れます。元のお札がきれいな新札だったというのは、沢村さんから現物をみせられたか、支払いのときに目にしてわかっていたのかと。あいにく、元の封筒は沢村さんから取り戻せなかったので、しかたなくみた目の印象が近いもので代用した。――龍一さんは盗み出す際、酔った勢いもあって引き出しを開けっ放しにしてきたか、少なくとも奥まで押し込まなかったのでしょう。そのため結花さんも引き出しに封筒を入れることができた。しかし結花さんは引き出しを奥まで押し込んでしまったため、この件は早々に発覚することとなりました」

二宮さんは唖然《あぜん》としている。

「こうして五万三千円は十万円へ化けた。想像ばかりですが、このように考えております」

茶畑さんは深々と一礼し、話をしめくくった。

たしかに想像によるところは多い。が、謎のあれこれに説明がつくのもたしかだ。

「きっと、店長さんの推理が正しいんでしょうね」

はたして二宮さんは納得したようで、深くため息をついた。

「結花は人の間で苦労するタイプだから、ことを荒立てないよう、こっそりがんばってくれたんでしょう。その気持ちをくんで、この件はもう追及しません。ぼくの胸にしまっておきます」

円卓の上に沈黙が降りる。

「しかし、これからどんな顔で結花たちと顔をあわせればいいのか」

これは難題だったようで、茶畑さんも困ったような表情をするばかりだった。


この話には後日譚がある。

三週間後、二宮さんと新作の打ち合わせをしていると、

「そういえば、結花は龍一と別れたそうです」

と聞かされた。

とっさに答えられないでいると、二宮さんは小さくため息をつきながらいった。

「理由はくわしく教えてくれませんでしたけどね。でもきっと、もうついていけないと感じたんでしょう。やっぱり店長さんの推理が正しかったんだと思いますよ。みなさんにくれぐれもよろしく伝えてください。おかげで、もやもやが晴れましたと」

余計なことに気を取られず、執筆に力を注げそうです、といった。

そして余談の余談ながら。

しばらく後、ぼくの担当した二宮さんの二作目は、またも評判をとってベストセラーリストのてっぺんに駆け上がっていった。

ぼくたちは《コージーボーイズの集い》で顔をあわせるたび、茶畑さんの謎解きを思い返しては「謎が解けて、もやもやが晴れたのがよかったのかもね」といったものである。

私のようなかけだしの書き手であっても、

「アイデアってどうやったら思いつくの?」

というおたずねをいただくときが、ごくまれにあります。

しかしこれが難しい質問で、だいたい、どうやって思いつくのかわかっていれば苦労はしません。とはいえ訊かれましたら答えないわけにもゆかない。必死に考えながら「ええと、散歩しているときとか、お風呂に入っているときに浮かびやすいです」と説明したりするわけですが、我ながらどこかで聞いたようなありきたりの答えで、いまひとつおもしろくない。先方も「フーン……そう」といった反応で、盛り上がりに欠けるまま終わってしまうのが常です。申し訳ない。うーん、なんて答えればよいのだろう。

そんなわけで、私のアイデア案出法というのは曖昧模糊《あいまいもこ》としているのですが、いっぽうで、よいアイデアを思いついた瞬間というのは非常にハッキリと記憶に残ります。なんと申しますか、カメラのシャッターを切ったように、周囲の情景が焼きつけられるのです。

この作品のアイデアを思いついたときもそうでした。

そのとき私は都内のとあるコーヒーチェーン店におり、スツールに腰かけながら、右手にSサイズのブレンドコーヒーを、左手に文庫本を手にしていました。じき正午になろうとするころで、陽光が店内に差し込み、隣席にはお子さん連れの家族がいて——と、細かなディテールまでありありと思い出せる。そんな風に記憶が固定する筋道はよくわかりませんが、閃《ひらめ》きと記憶というのは——少なくとも私の場合は——相関関係にあるらしく、

「いける！」

というアイデアを得たときは、たいてい情景の記憶とセットになっています（これ、ほかの方にもそういう体験がないか、うかがってみたいところです）。い

わゆるネタのよしあしというのも主観的なもので鮮度にも影響されますから、アレコレひねりまわすうち、いいネタかつまらぬネタかがわからなくなったりもするのですが、記憶と固着したアイデアはおおむね評判がよく、ひそかな判断材料にしていたりします。

ちなみに本作に関してはアイデアを得たきっかけがハッキリしていて、佐野洋先生の連作短編集『光る砂』を読んでいて閃きました。収録作に、とあるアパートから現金が盗まれて——という謎を扱った話があり、「これが逆に、お金が増えていたとしたら?」と思いついたのが出発点だったのです。このアイデアを思いついた瞬間、謎の答えから登場人物に至るまで、あらかたの筋ができあがっていました。

いつもこんな風だったら、楽なんですけどね……。

ちなみに『光る砂』は、日常にひそむちょっとした事件や謎を扱ったおもしろい短編集です。謎のことばにあざやかな解答が与えられる「つめみ顔」だけでも、ぜひ。

最後に、ダシール・ハメットは、ハードボイルドというジャンルを確立させた先駆者です。アメリカのメリーランド州に生まれたハメットは職を転々としたのち、ピンカートン社という著名な探偵事務所に職を得ました。その経験を生かしたとされる物語群は多くの後続を生み、ハードボイルドというジャンルの隆盛をもたらします。社会の暗部への視線、強烈な暴力描写、簡潔な文章、空想的なトリックやロジックの不在、そんなハメットの作風は、往時の謎解きミステリに対するアンチテーゼとなるものでした。代表作は『血の収穫』『マルタの鷹』など。

コージーボーイズ、
あるいは郷土史症候群

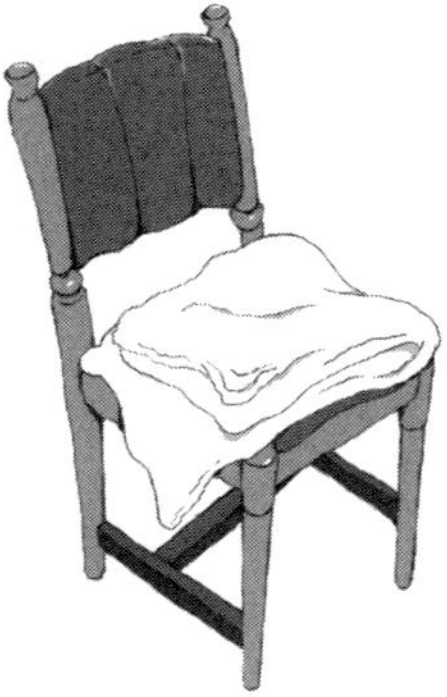

コージーミステリを語るとき、カバーの楽しさは欠かせないのではなかろうか。

主人公をはじめ、おなじみのシリーズキャラクターたちがコミカルに、愛らしく描かれた装画の楽しさだ。飲み食いの描写が多いジャンルだけに、しばしばコーヒーやお菓子、パンやスープなど、おいしそうな食べもののイラストがあしらってあるのもうれしい し——そうそう、可愛らしい猫の出てくる率の高さでは、他ジャンルの追随《ついずい》を許さないだろう。猫、かわいいですよね。

よく晴れた日の午後、お茶とケーキのおともに、買ってきたばかりのピッカピカな新刊をテーブルに置くと、気持ちがぱっと上向きになる。快活でポップなコージーミステリの装丁が、ぼくは好きだ。

とはいえ、それと正反対の、レトロでおどろおどろしいカバーにも惹《ひ》かれてしまうのが人間のおもしろいところで、いわゆる戦前の探偵小説にみられる、妖気ただよう装画も好きだったりする。

——というような発言を九月に開催された《コージーボーイズの集《つど》い》でしたところ、「ああ、それで夏川《なつかわ》さんはまだ若いのに、景浦巡《かげうらめぐる》の絵が好きなんだね」とゲストの鶴屋《つるや》仙一《せんいち》さんにいわれた。

《コージーボーイズの集い》とは、集いの長にして同人誌『COZY』の主幹である歌《うた》村《むら》ゆかり、作家の福来晶一《ふくらいしょういち》、評論家兼古書店主の伊佐山春嶽《いさやましゅんがく》、そして編集者たるぼく夏川ツカサによる、ミステリ好きが思うまま雑談にふけるための会である。月に一度、この四人が荻窪のカフェ〈アンブル〉で、ときにゲストを招いて行っている。ルールは二つ、作品の悪くちは大いにやるべし、しかし人の悪くちはいってはならない。もっとも後者の誓いはたいていい破られる。

さて、さらにふたり分の説明がいるだろう。鶴屋さんと、景浦巡と。

鶴屋さんは中央線沿線——特に西側——の歴史にくわしい在野の郷土史家である。肩まで白髪を伸ばした仙人じみた風貌《ふうぼう》で、SNS上での名前は鶴仙さん——古い街並みの写真や古地図をブログにアップし続けている趣味人だ。長年勤めた商社を定年退職し、いまは悠々自適の日々を送っているそうな。そんな鶴屋さんだが、ミステリ好きには景浦巡という画家のコレクターとしての印象が強い。

景浦巡とは、戦後すぐから昭和の終わりにかけて活動した画家で、作風は前衛的にして抽象的、代表作にアイデンティティの分裂を主題にした〈ドッペルゲンガー〉シリーズなどがある。その不穏なモチーフから、かつては古典ミステリのカバーにしばしば起用されていた。マニアなら、「ああ、あの絵か」とぴんとくるだろう。

この円卓をともに囲んでいる伊佐山さんは蒐集《しゅうしゅう》を通じて鶴屋さんと昵懇《じっこん》の仲で、本日お招きしたのもその縁である。

「好きですね。いつか鶴屋さんのコレクションも拝見したいです。——写真じゃなくて本物を」ぼくは答えた。

これは鶴屋さんが所蔵している景浦関連の品々のことだ。個人の蒐集としてはかなりのもので、初期の人物画から画風を確立した中期以降の作品、晩年の小品やスケッチに至るまでそのコレクションは十数点に及ぶという。中でも〈ドッペルゲンガー〉シリーズの掉尾《ちょうび》をかざる「幻影」——幅一メートルにもなる四十号の大作だ——は景浦を代表する一品で、コレクションの目玉である。さらには景浦が装画をつとめた数十点もの書籍までもそろえてあるそうで、

「もう、ちょっとした美術展クラスですねえ」

とは福来さんの弁だ。装丁の話になる前に、みなでせがんで書斎に展示されているコレクションの写真をみせてもらったが、ため息の出るような品々ばかりだった。これらの収蔵を可能としているゆったりと奥行きのある書斎がまた、落ち着きのある調度品といい、天井まで届く造りつけの書架といい、いかにも居心地よさそうで、うらやましい

限りである。ただ、写真でみる「幻影」は迫力に欠けるきらいがあったので、願わくは本物がみたい――。

鶴屋さんはにやっとしてうなずいた。「ぜひ、お招きさせてください。忘れられた画家かと思ってたけど、若いファンがいてくれてうれしいねえ」

三十路《みそじ》手前で若いといわれるのもこそばゆいが、喜んでもらえるならこちらもうれしい。

「や、いまどきの子は古い物でもばかにしないからうれしいよ。最近は、杉並の郷土史も若者に人気があるみたいだし」

「そうですね」

といいかけてぼくは首をかしげた。郷土史が人気？

怪訝《けげん》に思ったのはぼくだけではないらしく、歌村さんも紅茶のカップから顔をあげて、「郷土史ですか？」といった。

「ええ。先月からね、私の話を聞きたいと若い子たちから立て続けに頼まれまして」鶴屋さんはいった。「福来先生はその辺ご存じないですか。作家なら若者事情に詳しいでしょう」

いきなり話をふられた福来さんは、黒ぶちめがねの奥で目を白黒させつつ考え込んだが、すぐにギブアップした。

「いや、寡聞《かぶん》にして知りませんが」

「ああ、だめだめ。福さんに訊くのは浦島太郎に時事ニュースをたずねるようなものです」

伊佐山さんが糸のような目をさらに細め、にやつきながらかぶりをふった。

「彼の小説にしたって、昔ながらのスタイルにこだわるのはいいけど、世相とはかけ離れてますからね」

伊佐山さんと福来さんは、評論と小説の違いはあるものの、デビューは同じ版元で伊佐山さんのほうがやや早く、そのため福来さんに向けることばにも遠慮がない。

福来さんは先輩の評論家をにらんだ。

「春さんにいわれたくないな。いまだに仕事でファックスを使ってるくせに」

「まあまあ、喧嘩《けんか》しないの」

歌村さんが仲裁に入った。そういう歌村さんはきょうもお気にいりのバンドTシャツにヴィンテージもののジーンズと、この中ではもっとも恰好が若々しい。

「最年少のツカサくん、どう、若者の間に郷土史ブームがきてるの」

「初耳です」

「杉並区がヤングの人気スポットになってて、歴史にくわしいのがオシャレとか」

「聞いたこともない」

そこへ店長の茶畑《ちゃばたけ》さんが音もなくやってきた。鶴屋さんの飲みほしたお茶のポットやカップを片づけ、新たに注文していたダージリンティーのセットを手際よくならべる。きょうもいつものようにフォーマルなタイとベストを一分の隙《すき》もなく着こなしていた。橙色《だいだいいろ》の液体がカップに注がれるとともに、華やかな香りが立ちこめ、快《こころよ》く鼻をくすぐる。

茶畑さんは――かつては一流ホテルのホテルマンだった、いや実はさるところの家令で、などとまことしやかにささやかれる謎の人物である。年のころは五十代半ばと思われるが、たしかなところはわからない。下の名前は誰も知らない。常に冷静沈着で、杉のごとく背筋が伸びている。そのたたずまいは名刹《めいさつ》の高僧のようで、

「目の保養だね」

と喜ぶファンがついているとか、いないとか。そんな店長に福来さんがいった。

「店長なら知ってるんじゃない」

みなのコップに水を注《つ》ぎ足していた茶畑さんは、顔をあげるとかぶりをふった。

「残念ながら、私もそういった話は存じません」

「そうかあ」

福来さんは肩を落としたが、すぐに鶴屋さんのほうへ向き直った。

「郷土史のレクチャーを申し込まれたというのは、ミニコミ誌の取材かなにかですか」

「いや、そういうのじゃない。孫の紹介だったんですがね」

「ああ、実咲《みさき》さんか」伊佐山さんがいった。「去年から美大でしたっけ」

「ええ。それはいいんですけどね」鶴屋さんはカップに口をつけると苦笑ぎみにいった。「山梨からじゃ通えないといってウチに押しかけてきて」

聞けば、息子さん夫婦が山梨県に住んでいて、その娘さんである実咲さんが、昨年T美大に合格したのだという。しかし山梨から通学は難しく、かといってひとり暮らしの費用もばかにならない。そこで鶴屋邸が都内のX市にあるのをさいわい、引っ越してきたという話だった。

「迷惑ですよ。部屋にイーゼルやらカンバスやらを持ち込んで、しじゅうペタペタやってますからね。いつも体のどこかを汚してるし、テレピン油くさいしで」

「でも、現役合格はすごい」伊佐山さんがいった。「才能があるんですね」

「どうかな」鶴屋さんは苦笑した。「そもそもいまのT美がねえ。去年の学祭を覗《のぞ》いてみましたが、みんな小粒でね、景浦みたいなオーラがない」

そういいつつ、まんざらでもなさそうだった。そういえば景浦巡もT美大出身だったか。

「で、実咲がいうにはね、大学の先輩が杉並の歴史に興味をもっているので、私の話をしたら、『ぜひ会いたい』といいだしたと。私でよければと返事をしました」

「美大生が、郷土史ですか」歌村さんが首をかしげた。「いまいち接点がみえませんけど、学校の課題かな」

「や、純粋に興味があるんだそうで。これまでの無知を反省したんだと」

「近ごろの子はまじめですね」

伊佐山さんがいったが、ぼくは違和感を覚えはじめていた。若者面《わかものづら》をするつもりはないが、いまどきの大学生が、そんなにも郷土史に強い関心を抱くものだろうか。

「どうも不思議だな」福来さんも首をかしげる。「ぼくもくわしく聞きたくなってきましたよ。ほんとにそんなブームがあるなら作家として知っておきたいし」

「鶴屋さん、話してやってくれませんか」伊佐山さんが口添えする。「福さんも年中ネタに苦しんでまして。不思議とみると聞かずにはおれないんです」

「失敬な、ネタに苦しんだりなんてしてないぞっ」と福来さんは抗議したが、語勢の弱さからすると、そういう色気がないでもなさそうだった。

「はあ、かまいませんが」

鶴屋さんはあらためてダージリンティーでのどを湿《しめ》すと、ぽつぽつと語りはじめた。

「八月の半ばだったかな。まだ暑い盛りでねえ。いつものように書斎で書き物をしていたら、実咲がやってきていうんです。『青木《あおき》さんって先輩がいてさ。彼女、杉並区の出身なんだけど、近ごろ郷土史に興味があるらしくて。で、じいちゃんのことを話したらぜひ話を聞きたいと』とね。『私に？』と訊くと、『そう、絵画科の人だけど。学祭に展示してた絵、覚えてない？　だめだなあ』という」

鶴屋さんはかぶりをふった。

「ともあれおかしな輩《やから》ではなさそうでしたし、実咲からもしきりに『ずっと家にこもりきりだし、運動がてらと思ってさ。じいちゃんも話を聞いてもらえたらうれしいでしょ』と勧められてね。そこでまあ、私でよければと出向きました。指定されたX駅前の喫茶店にゆくと、まじめそうな子が座ってましてし」

「といってもT美生だし、やっぱり変わり者だったんじゃ」

なかばその答えを期待するような口ぶりで福来さんはいった。変わり者ゆえ、郷土史にも興味をもったのだと考えているのだろうか。

しかし鶴屋さんはかぶりをふった。

「や、私も絵描きは多少知ってるし、身がまえるところはありましたがね。実咲にしても、いつも同じ服を着て、顔やら手やらを絵具で汚してるし。きっとそういう、少々エキセントリックな学生さんに違いないと。でも、ふつうの子でした」

「ふーむ」

「化粧は薄め、無地の白シャツを着た黒髪の子で——そうだなあ、スーツを着たらそのまま就活にもゆけそうでしたよ。私をみるとぱっと立ち上がって『きょうはお時間をいただきありがとうございます』と丁寧《ていねい》に挨拶してくれてね。手土産《てみやげ》に羊羹《ようかん》までくれて」

　腕組みしながら鶴屋さんはひとりうなずく。

「そんなわけで、ずいぶんしっかりしている子だぞというのが第一印象でした。話しぶりもてきぱきしてるし、目がぱっちりしてて、きっと大学でも人気者でしょうね。同じ美大生でも実咲とはえらく違うなと」

「ふーむ。どうして郷土史に興味をもったのかは訊きましたか」

「ええ。先ほどいったように、生まれ育った土地について知らなすぎるのを反省したんだと」

　文句のつけようがない回答である。

「具体的にはどんな話を」伊佐山さんが口を挟んだ。「郷土史といってもテーマはいろいろあるでしょう」

「全般的に、としかいいようがないな。土地の来歴、文化、環境」

「それらをすべてですか」

「うん、まずは来歴から話したんですがね」

　がぜん、鶴屋さんは目を輝かせた。

「この地の歴史は古くて、縄文時代にはもう集落があったんです。まあ、そこからはじめるときりがないから、文献のあるところからいうと『続日本紀《しょくにほんぎ》』に乗潴《あまぬま》という、いまの天沼——太宰治が住んでいた町です——の由来となった地名が出てくる。もっともこれは〝のりぬま〟と読んで、練馬のあたりを指すんじゃないかという説もあるんだが」

「ははあ。勉強になります」

福来さんがあいまいな顔でいった。

「中近世にかけては阿佐谷《あさがや》氏、北条氏の統治をへて、徳川家の鷹狩《たかが》り地になる。住宅街として発展するのは明治からで、関東大震災以降、一気に人口が増加します。文化人が集まりはじめたのもそのころで、太宰治や与謝野晶子が有名どころかな。あとは井伏鱒《ます》二《じ》の『荻窪風土記《ふどき》』と、そうそう、音楽評論家の草分けである大田黒元雄も忘れちゃいけない」

鶴屋さんは滔々《とうとう》と語った。

興味深い。興味深いが、聞いているうちに眠りに誘われそうになったのも事実だ。少なくとも、若者が血わき肉おどらせる話ではないように思える。

「いっぽうで杉並区のうち、荻窪周辺は陸軍士官や政治家の集う町としても発展してゆきます。荻外荘《てきがいそう》公園はご存じでしょう。あそこは元々、近衛文麿《このえふみまろ》の邸宅です。環境のよさもあってか、戦後は住宅街としてさらに発展をとげました。原水爆禁止運動の輪が生まれたのも杉並です。やがて阿佐谷はジャズの町、荻窪はアニメーションの町としても知られるようになり、いまに至る——ざっとまとめるとこんなところかな」

「ははあ、いまのでダイジェストですか」あいまいな顔のまま福来さんがいう。

「青木さんにはこの十倍しゃべりました」

「うーん。失礼ながら、いまどきの若者向けには聞こえませんね」

「でも熱心でしたよ」鶴屋さんはいった。「話のあともあれこれ訊かれましたし。質問はあらかじめ用意してなかったみたいで、ちょっとバタバタしてましたが。まあそこはプロのインタビュアーじゃないしね」

「どんな質問です」

「いつからこの道を志したか。勉強するのによい本はあるか。それから鷹狩り用の鷹はどう育てたとか、地名の由来に信憑性《しんぴょうせい》はあるかとか。どんどん質問が細かくなってゆくんで、正直、即答できないものもあった。かれこれ三時間は話しこんだかなあ」

ぼくたちは顔をみあわせた。いよいよ熱心な若者である。

歌村さんがいった。「ふたり目のお話をうかがえますか」

「彼もやっぱり実咲繋《つな》がりでした」鶴屋さんはいった。「しばらくして、山沢《やまざわ》くんという子からメールがきたんです。『前略、突然のメールをお許しください。T美大の山沢誠弥《せいや》と申します。お孫さんの実咲さんからご連絡先をうかがって本メールをさしあげました。自分は杉並区出身で、郷土史に興味をもっておりますつきましてはお話をお聞かせ願えないでしょうか。お時間を割《さ》いていただけるようでしたら、日程は来週以降でご都合のよろしいときに、場所はX駅前のカフェで――』ざっとこんなぐあいで。おどろきましたねえ」

「なんだかあやしいな」気づかわしげに伊佐山さんがいった。「失礼ですけど、絵や壺《つぼ》を売られたり、ねずみ講に誘われたりしてないでしょうね」

「はは、わかるよ」鶴屋さんは笑った。「私も警戒はしたんだ。でも実咲に聞いたら目を輝かせてね、『絵画科の大先輩だよ。すごくうまい人。あやしい人じゃないって』とまくしたてる。迷いましたが、彼だけ断るのもなんですし、結局会いにゆきました」

「どんな人でしたか。やっぱりエキセントリックな」

福来さんのことばを鶴屋さんはさえぎった。「ふつうの子でした」

「髪の毛を剣山みたいに立ててたり、七色に染めていたりは」

「しません」

「よくわからないひとり言をいったりなどは」

「してません」

美大生への偏見にみちた質問を、鶴屋さんは丁寧に否定する。

「私も先入観があったからね、指定されたカフェにつくとそれらしい若者を探したんですよ。でも一番まじめそうな子が山沢くんだった。一見すると線が細いんだけど、話してみるときびきびしていて。彼もきちんとしていて、『暑い中を恐縮です』と直立不動で挨拶してくれましたよ。実咲もみならってほしいくらいです」

「どんな話をしたんですか」伊佐山さんがたずねた。

「青木さんと同じ。土地の来歴、文化、環境。なかなか質問魔でね」

「彼もですか」

「うん、熱心だった。もっていった資料をみせると『これはなにか、それはなんだ』と質問ぜめですよ。あまり熱心なので、『コピーしてあげようか』といったらびっくりした顔で『それは申し訳ないから』と固辞されました。いまどきの子は遠慮ぶかいですな」

「ふーむ、お話はわかりました」福来さんがうなずいた。「郷土史の講義を受けたがる若者がふたりもいたとは」

たしかに熱心な若者たちだった。紅茶を口にしつつ、これまでの話を反芻《はんすう》した。

あやしい。

真っ当すぎる。正しすぎる。

そう口にしかけたところで鶴屋さんの言葉にさえぎられた。

「や、ふたりではないです。三人目がいる」

「えっ」思わず声が漏れた。

「実咲がね、やっぱり興味を示しまして」

なんだって？

「聞かせてください」歌村さんが身を乗り出した。

「面会の翌日でしたね。朝めしをとってたら実咲が起きてきたんで、『最近の子はアクティブだな、わざわざ対面の場までセッティングして』といったような話をしたんです。すると実咲は、山沢さんが感動してたよという。そういわれたらまんざらじゃないのでにやけていたら、突然まじめな顔をして『私にも教えてよ。じいちゃん、きょうはヒマでしょ』といってくるんですよ。いや、びっくりしましたねえ。いわれるほどヒマでもなかったけど、結局、その場で半日近くつき合わされました」

「それは、すごい流行ぶりだ」

当惑するあまりか、福来さんが内容に乏《とぼ》しい相槌《あいづち》をうった。しかし気持ちはわかる。

「なんだか、ブームというより郷土史症候群にでもかかったって感じですね」

この一言を鶴屋さんは笑ってくれた。「郷土史症候群はいいですね」

しかし歌村さんもやはり奇異に感じたらしい。「失礼ですけど、ちょっと額面どおりにはうけとりにくいかも」

福来さんと伊佐山さんもうなずいた。

「ふむ。若いみなさんがいうなら、そうかもしれないが」

鶴屋さんは困った顔をした。

「しかしどんな裏があるっていうんです。こんな爺さんをたばかってなんの得が」

伊佐山さんがいった。「やっぱり作品のモチーフなんじゃないでしょうか。歴史をテーマに描くという」

「でも、青木さんはこれまでの無知を反省したんだといったんですよ」

「自作のコンセプトをいうのが恥ずかしかったのかも」伊佐山さんは肩をすくめる。

「ほら、大学生は自意識の強い生き物ですから」

「春さん、それは偏見だ」

福来さんが口を挟む。ご自身もたいがい偏見めいた意見を述べていたが。

「じゃあ山沢くんも郷土史を自作のテーマにしようとしてて、しかもそれを恥ずかしがったっていうのか。いくらなんでも自意識過剰の若者が多すぎないか」

もっともだと思ったようで、伊佐山さんは沈黙した。

「就活じゃないかな」歌村さんがいった。「ボランティアとかさ、若者がまじめな活動をするときは、だいたい下心があるもんでしょ」

「地元の歴史にくわしいと、就職活動に有利になりますか」福来さんが問う。

「どうなの、ツカちゃん」歌村さんはこちらをみた。ぼくに若者事情を訊かれても困るというのに。

「そういう話は聞いたことがありませんが」

携帯端末をいじりながら伊佐山さんもかぶりをふる。「検索しても、みあたらないですね」

「じゃあちがうか」歌村さんは引き下がった。「福ちゃんはなにか考えがないの」

「推理作家としての視点からいうと、これは詐欺ですね」福来さんは自信ありげにいった。

「それはちがうって話したでしょ。絵も壺も売りつけられていないって」

「いや、まだ計画の途中かもしれません」謎めいたことばとともに、福来さんは鶴屋さんに向き直った。「これはテストだったんじゃないでしょうか」

鶴屋さんは不安げな顔をした。

「職業柄、詐欺については興味をもっていますが」福来さんは気どった口調でいった。「詐欺グループの間では、過去に騙《だま》された人たちのリストが流通しているというのをご存じですか」

鶴屋さんはかぶりをふった。

「騙された経験のあるなしは、詐欺師には価値のある情報なんです。カモにしやすいタイプかどうか判断できますから」

鶴屋さんがそうだというわけじゃないんですが、と福来さんは弁明しながら続けた。

「ではターゲットがリストに載っていない場合、カモにしやすいかどうかをどのようにして見極めればいいか。簡単です。別の詐欺をしかけてみればいい」

「それが郷土史だってのか」伊佐山さんがいった。

「そう。人をひっかけるには、相手の興味を惹く話を持ちかけるのが一番だ。そこで青木さんたちは郷土史に興味があるふりをして鶴屋さんに接触した」

「あの子らが詐欺師だというんですか」鶴屋さんは不快そうにいった。「悪意があるようにはみえなかったが。いまに至っても、なにも売りつけられていないし」

「これからですよ。そのうち景浦巡の習作を発掘したとかいって、近づいてくる輩が現れますよ」

「それが詐欺だと」

「もちろん、そうでしょう」

沈黙がおとずれた。

おもむろに鶴屋さんがつぶやく。

「実咲も詐欺の片棒をかついだというんですか。こういうのもなんだけど、生活に不自由させたつもりはないが」

「実咲さんが一味とは限りません。先輩たちのふるまいをみて、実咲さんはほんとうに郷土史に興味をもったのかもしれない」福来さんはいった。「気休めじゃないですよ。騙しやすさのリサーチなら二回もやれば十分でしょうからね。三回もやる必要はない」

鶴屋さんはほっとしたようだった。

しかし歌村さんは渋い顔をした。「本末転倒じゃないかな」

「どこがです」

「そんな突飛な計画を立てるのが。いくらなんでも、こんな出来事が続いたあとで、うまい話をもちこまれたらあやしむよ」

「私もそう思う」伊佐山さんも同意する。「きみの話はもっともらしいけど、よく考えるとおかしい。うそに騙されやすいのと、贋作《がんさく》をみぬけないのはまったく別だ」

「この手の詐欺に必要なのは、モノの出来だけじゃない」福来さんは弱々しく反駁《はんばく》した。

「もっともらしい来歴でカモの目をくらますのが大事なんだ」

「苦しいね」伊佐山さんは苦笑した。「それにリサーチなら三回もいらないっていうけど、だったら二回する必要だってない。一度で十分だろ」

「それは——一回だけじゃ心もとなくて」

しかしこのいいわけには歌村さんも首をかしげた。「ちょっと無理があるかな」

ふたりから否定され、とうとう福来さんは沈黙した。

ひととおり意見は出尽くしたらしく、みな黙りこんだまま天井をみたり、空《から》のカップをもてあそんだりしている。みなそれぞれに——。

そこで閃《ひらめ》きがおとずれた。

「あ」

この感嘆詞を歌村さんは聞き逃さなかった。「さては、なにか思いついたな」

全力で頭を回転させ、閃きを検証した。大丈夫、おかしなところはない。

「ひょっとすると、設問自体が間違っていたのかもしれません」

「ほう、興味ぶかい」歌村さんがいった。「どう間違ってたっていうの」

他の面々も身を乗り出してくる。

「若者が次々と杉並の郷土史に目覚めてゆくのはなぜか」みなをみまわしていった。「ぼくらはこんな風に今回の謎をとらえていたと思います」

一同はてんでにうなずく。

「ところがこれだと謎の正体をみあやまる」

「さっきからあいまいだね」歌村さんが首を横にふる。「なにがまずいの」

「若者たちが云々、というところです」ぼくはいった。「このものいいは無意識のうちに、三人をひとまとめにしている。彼らを個人として扱っていないんです」

「なんだか、よくわからないね」福来さんがいった。

「つまりですよ、一見、まったく同じにみえた三人の行動が、じつはそれぞれ異なった理由で生じたものだったとしたら」

「それは、動機が違うってことか」

福来さんの問いに、ぼくはうなずいた。

「そうなんです。想像が交じりますが、まず青木さんは、ほんとに郷土史に興味があるんだと思います。たしかにいまどきの若者としてはめずらしいけど、学生は何百万人もいるわけで、中にはそういう人だっているでしょう」

「そりゃそうだけど、でも狭い範囲に三人は多すぎる」

「ですから、それが錯覚なんです」強くかぶりをふった。「みなさん、好きな子の気を惹くために、興味のない映画や音楽を観たり聴いたりした覚えはないですか」

「なくはないけど」といって福来さんははっとした顔をして、手のひらを打ち合わせた。

「山沢くんもそうだといいたいわけだ。つまり青木さんの気を惹こうとして」

「青木さんはなかなか魅力的な方らしいですから」

「その青木さんが、郷土史に興味をもちはじめた」

「はい、そこで山沢くんは彼女と話を合わせられるよう、郷土史を学ぼうとしたんです」ぼくはみなをみまわした。「そしてこれは、さらに新たな反応を生みます。——お話をうかがうに、どうも実咲さんは山沢先輩にあこがれを抱いている節がある」

「あこがれる先輩の行動をみて、自分もそれにならったと」

「ええ、筋が通ると思いませんか。こんな風に三人がそれぞれの理由で動いた結果、郷土史が流行しだしたようにみえたんですよ」

鶴屋さんは「ははあ、実咲がねえ」といい、福来さんと伊佐山さんもなるほどとうなずく。

しかし歌村さんはひとり納得できないようすで首をかしげた。

「うーん、実咲さんはまあ、それでいいとしてさ」

「なにか問題でも」

「山沢くんの場合、なにもわざわざ鶴屋さんに聞きにこなくてもよかったんじゃない。誰に聞いても歴史は同じなんだし、図書館かネットでいい気がするけど」

たしかに――。虚を突かれたが、すぐに態勢を立て直していった。

「同じ人から同じ話を聞けば、それはふたりの共通体験になりますから。仲よくなるのに、共通体験って大事ですよ」

「共通体験ねえ」横合いから福来さんが口を挟んできた。「わからなくもないけど、山沢くんが青木さんに好意をもってるなら、本人に聞きにいったほうがいいんじゃないの」

「あっ」

盲点だった。二の句が継げないでいると、鶴屋さんもうなずく。「たしかに、こんな爺さんの話を聞くよりも、そっちのほうがいいだろうね」

「そもそも、山沢くんから青木さんへの好意があったかどうかだよね」歌村さんもうなずきつつ、鶴屋さんに問いを向けた。「山沢くんとの対面の際、青木さんの話は出ましたか。聞くかぎりなかったようですけど」

鶴屋さんは首を縦にふる。「うん、出てこなかった」

歌村さんはこちらをみた。「好きな子にアプローチするなら、ふつうはその子がどんな話をしてたか訊くんじゃない」

「好意がバレるのがいやで、我慢したのかも」

「また自意識過剰の学生？」

歌村さんがいい、鶴屋さんも申し訳なさそうにとどめを刺してきた。

「実はね、山沢くんには私から青木さんの話をふったんですよ。彼女を知ってるかとか、友だちなのかとか。でも、のってこなかった。私も枯れたじじいだけど、そういう気配があればわかる。好意があるようにはみえなかったな」

ぼくは椅子に沈み込んだ。

「これ以上、考えは出ないようですね」鶴屋さんはかぶりをふった。「まあ、現実は小説みたいにはゆかないし、謎は謎のままというのもよいでしょう。そろそろ、別の話題に——」

「待ってください」歌村さんが制止した。「あきらめるのは早い」

鶴屋さんは首をひねる。「まだなにかありますか」

「こういう謎を解くのが得意な人がいまして」歌村さんはカウンターのほうをみた。

「店長、なにか考えはないの」

洗いものをしていた茶畑さんはカップをわきに置くと、深々と頭をさげた。

「申し訳ありません。横からお話をうかがっておりました」

「いえ、それはかまわないが」鶴屋さんは当惑したようにぼくたちをみた。

「店長はね、名探偵なんですよ」

「はあ」

鶴屋さんはますます困惑している。その名探偵はというと、困った顔でかぶりをふった。

「およしください。これまでのあれこれは、ほんとうにたまたまで」

「謙遜《けんそん》もすぎるといやみだよ」歌村さんは引かない。「つきあいが長いからね、なにか勘づいているのは顔をみればわかる」

自信たっぷりに断言し、福来さんたちもうなずいた。

はたして茶畑さんは端整な顔立ちに動揺の色を浮かべている。この店長は、たしかにうそをつくのだけは下手だ。みなの視線を浴びた茶畑さんは、やがてため息とともに口を開いた。

「デリケートな話になりますので、話半分に願いたいのですが」

待ってましたとばかりにぼくらは身を乗り出し、茶畑さんは鶴屋さんに向き直った。

「少々、質問をよろしいでしょうか」

「はあ、どうぞ」

「毎日のお買い物は、どのようになさっていますか」

買い物？

質問の意図がつかめない。

鶴屋さんも眉間《みけん》にしわをよせたが、「いまは実咲が行ってくれています」といった。

「実咲さんが買い物をしていらっしゃるのですね」

「息子夫婦から、甘やかすなといわれてね。住まいを提供するかわりに、掃除と買い物はしてもらう。炊事は半々で、それが同居の条件でした。まあ、課題とかであまりに忙しそうなときは私がサポートしますが」

おかげでめっきり出無精になってしまって、と鶴屋さんはいった。

茶畑さんはうなずいて質問を続けた。

「では、鶴屋さまがご自身のお買い物をされる際は、おもにどちらへ行かれますか」

いよいよ面妖な質問だった。鶴屋さんも目をぱちくりさせながら、

「はあ。近所のスーパーかコンビニですかね。歩いて五分のところで、大概のものはそろうから、とくに不便はありませんが」

「ご自宅から駅までは、どのくらいの距離がございますか」

「はあ、歩いて二十分くらいですが」

「なるほど。――あとひとつだけ。実咲さんは部屋でも絵を描いておられるそうですが、換気はどうされていますか」

「換気というと、空気の入れ替えですか」いよいよ当惑したように鶴屋さんはいった。「もっぱらサーキュレーターですね。実咲が山梨からもってきたやつをぶんぶん回して。それと空気清浄機も動員してます。最近の機械は性能がいいのか、それで十分空気はきれいになりますが、電気代がかさむのが難点ですね。――それがなにか」

「ありがとうございます」茶畑さんは深々と一礼してこちらを向いた。「筋道がつきました」

「ほんとうですか」

「ええ、ただ、あまり愉快な話ではないかもしれません」

「なんです？　おそろしいな」

鶴屋さんは冗談めかしていったが、ぼくたちの間には緊張が高まった。どんな結論に至ったというんだ――。

「気になりましたのは、若者たちのふるまいでした」茶畑さんはいった。「そつがなく、礼儀正しい若者が、ある点においてはそろって不可解な行動に及んでいる。そこにひっかかったのです」

「なにかおかしなところがありましたかね」

「青木さんとはX駅前の喫茶店で、山沢さんともやはりX駅前のカフェで会ったとおっしゃっていましたね」茶畑さんはかぶりをふった。「しかし相手を気づかうなら、話を聞く相手のお宅へうかがうのが筋ではないかと」

あっ、とぼくたちは声を漏らした。

「もちろん自宅に招きたくないので、近くの喫茶店なりなんなりに呼ぶケースはあると思います。むしろそういう方が多いでしょう。しかし先達《せんだつ》へ話を聞きにゆく立場としては、まずは自宅までうかがいたいと申し出るのがものの順序ではないでしょうか。しかし礼儀正しいはずの若者たちは、ふたりともそのような申し出はしなかった。まして暑い夏の盛りであるのに」

思わずうなずいていた。茶畑さんのいうとおりである。

編集者によってやり方は異なろうが、少なくともぼくが著者インタビューをするとなれば、まずは自宅にうかがうか、それとも近くで会うかを確認する。とくに相手がご高齢だと、外出が負担になる場合もあるからだ。

「たしかにふたりとも、最初からこれこれ店で会いましょうと指定してきたが」

鶴屋さんがつぶやいた。

「もちろん、いくらそつのない人でも気が回らないときはあります。しかし、ふたりそろってとなると偶然ではなく、なんらかの作為があるように感じられました。では、店に呼び出すことにどんな意図があるか」

これは結果をみれば明らかです、と茶畑さんは続ける。

「指定の店に出向くというのは、すなわち外出するということです。鶴屋さまに家を空けてもらうこと、これが目的だったのではないでしょうか」

あ——と言葉にならない声が、みなの口からこぼれ出た。

「つまり、私をおびき出したと」

鶴屋さんがかすれ声でいった。

「はい。そう考える根拠はいくつかあります」

茶畑さんはいった。

「まず、実咲さんが熱心に外出をうながしたこと。これは家を空けさせるのが目的だったとすると辻褄《つじつま》があいます。レクチャーを申し込んできたふたりがことさら礼儀正しかったのも、万一にも気分を害して鶴屋さまに帰られるわけにはゆかなかったから。そして要領のいい青木さんが、質問するときに限って手際のわるさをみせた。これは話が予定より早く終わってしまったので、あわてて質問をひねり出し、時間かせぎを図ったためだとしたら」

鶴屋さんはうなった。

「すると三人ともグルということになるけど」気づかわしげに鶴屋さんをみながら伊佐山さんがいった。「家を空けさせるねらいがわからない」

「あまりほめられたことではないねらいであろうと思います」茶畑さんも鶴屋さんをみやりながらいった。「鶴屋さまがご自宅にいらしてはできず、しかもこれだけの手間をかけるとなると、まっ先に思い浮かぶのは、窃盗です」

鶴屋さんは愕然《がくぜん》とした表情になっていった。「しかし、なにも盗まれていないが」

「さらに想像が交じりますが、鶴屋さまのコレクションはすばらしいものだそうですね」茶畑さんはいった。「中でも『幻影』は景浦という画家を代表する作品だとか。私としては、そちらの安否を案じるところです」

「しかし、『幻影』に異状はなかったが」ぼくたちをみて訴える。「みなさんご覧になったでしょう、『幻影』の写真を。ちゃんと書斎にある――」

「絵は模写できます」茶畑さんはいった。「腕のいい美大生なら、ちょっと見には同じにみえるものをつくるのも不可能ではないでしょう。――鶴屋さま、近ごろ『幻影』をじっくりご覧になる機会はありましたか」

「いや、なかった」

「つまり『幻影』がすりかえられたと?」福来さんがいった。

「そのおそれがあります」

とんでもない話になってきた。

「しかし店長さん、模写とすりかえるといっても、どうやって」

鶴屋さんはいった。

「そりゃ、腕のいい美大生なら画集や写真をみればそこそこの模写はできるかもしれない。でも油彩画はね、実物をみないと難しいものです。油彩画にはね、生の質感があるんですよ。写真ではわからない絵具の盛り上がりや、微妙な色彩があるからね」

「だからこそ、鶴屋さまを外に連れ出したものと思います」茶畑さんはうなずいた。

「鶴屋さまの目のないところで、じっくりと観察するために」

「あっ」

「おっしゃるとおり、油彩画を写真だけで模写するのは難しいでしょう。絵具の厚みもそうですし、色彩にしても、絵の置かれている場所でどうみえるかが重要です。これは写真ではわからない。また、印刷された写真の色はくるいがちです。やはり現場で実物をみなければなりませんが、すると書斎にこもりがちな鶴屋さまが邪魔になります」

鶴屋さんは呆然《ぼうぜん》としている。

「山沢さんに資料のコピーを提案したところ、ひどくおどろかれたそうですね。これは遠慮ぶかさが理由ではなく、彼が模写とのすりかえを企んでいる最中だったため、コピーという単語にナーバスになっていたのではないかと」

「あっ」またしてもぼくらは声をあげてしまった。

「順を追うと、こんなぐあいだったかと想像します。――青木さんたちは『幻影』の存在を知り、模写とすりかえる計画を思いついた。山沢さんは腕のいい描き手だそうで、おそらく彼が模写の担当でしょう。とはいえ腕があればできるわけでもない。まずは作品をよく観察しなければなりません。ところが鶴屋さまは絵のある書斎にこもりきり。そこでおびき出すための計画を立案した」

歌村さんが手をあげた。

「そんな迂遠《うえん》な計画を立てなくても、鶴屋さんのいないときにみにゆけばいいんじゃ」

「ところが、それが難しい」茶畑さんはかぶりをふった。「まず、先ほどうかがったとおり、基本的に日常の買い物は実咲さんが担当されるので、鶴屋さまはあまり外出なさらない。さらに、二つ目の質問でお答えいただいたように、たまにご自身のお買い物に出かけるときも、歩いて五分のスーパーかコンビニですますとのお話でした。ゆっくり買い物をされても一時間以内といったところでしょう。十分な時間とはいえません」

「そうか。だから店長は、家から駅までの距離を訊いてたのね」歌村さんがいった。

「時間かせぎに十分なくらい遠いかどうかを知りたかったわけだ」

なるほど、先ほどの質問には、そういう意図があったわけか。

茶畑さんはうなずき、続けた。

「実咲さんの役回りは描き手を邸内に招き入れること。鶴屋さまが外出したところで、近くに待機していた山沢さんを迎え入れたのです。ふたりは書斎にカンバスを運び込み、模写を行います」もちろん周囲にはシートを敷くなどして、絵具のハネ対策をした上でですよ、と茶畑さんはつけくわえた。

「二時間ちょっとで模写ってできるの」福来さんが疑義を呈した。

「ある程度までは写真を参考に描き進めておいて、それを現場で仕上げる形なら可能かと。絵具の質感など、実物をみなければわからない箇所は一部でしょうから」茶畑さんはいった。「ここで行うのは、あくまで最後の仕上げですね。未完成品を『幻影』の前に運び、二つをみくらべながら完成させたわけです」

「四十号の贋作を運び込むとなると、たいへんだったんじゃない」

「ええ、車は必須だったと思います。ただ、道具にこだわらなければ絵筆などは実咲さんのものを使えばよいので。持ち込むのはカンバスだけで済んだかと」

「書斎で描いたら、絵具のにおいがこもってバレるんじゃないか」

「近ごろは無臭の絵画用オイルというものもあるようです」茶畑さんはいった。「実咲さんのサーキュレーターも性能がよいようですし、空気清浄機ともども持ち込んで換気したのでしょう」

「それでさっきの質問か」

「日ごろから実咲さんもテレピン油のにおいをさせておられるようで、多少におったとしても、いつものことだと気になさらなかったものかと」

鶴屋さんはうなずいている。

「しかし何事も計画どおりにはゆかないものです」茶畑さんはいった。「いざ実物に臨んでみると、そう短時間で仕上げきれるものではなかったのですね。――青木さんは焦ったでしょう。鶴屋さまのお話が終わりかけても、一向に作業完了の知らせはこない。しかたなく質問をひねり出し、レクチャーを引き延ばした。そのためあたふたしてみえた」

なるほど、と鶴屋さんがつぶやいた。

「こうしてどうにか模写を終えます。しかしこれをそのまますりかえるというわけにはゆきません。油絵ですから、いったん乾かさねばならない。やはり想像ですが、偽物は実咲さんの部屋に移して乾燥させたのではないかと思います。そのほうが手間もかかりませんので」茶畑さんはこともなげにいった。「乾いたところで、いよいよすりかえをしたわけです」

鶴屋さんは目を白黒させている。無理もない。偽物の「幻影」とひとつ屋根の下で過ごしていたというのだから。

「ちょっと待って」福来さんが首をかしげた。「その話だと、青木さんと対面した時点で目的は達成されている。そのあと山沢くんがレクチャーを申し込んできたのはなんで」

「搬入《はんにゅう》と、搬出のためかと」茶畑さんはいった。「『幻影』の長辺は一メートルに及ぶようで、これをすりかえるのは実咲さんでもたいへんでしょう。ポケットに入れてさっと出し入れするというわけにはゆきません。夜中にこっそりやろうとしたところで、物音をたてずに行うのは困難ですし、鶴屋さまがなにかのはずみで目を覚ましてしまわないともかぎらない。そんな危険をおかすよりは、もう一度誘い出したほうが安全です」

なるほど、と福来さんはうなずいた。

「そこで今度は山沢さんが鶴屋さまを誘い出した。その隙に隠しておいた模写を書斎の本物と掛けかえ、本物は家の外に運び出します。青木さんが再度おびき出しの任務につかなかったのは、ぼろが出るのを避けたからではないでしょうか。実際は郷土史に興味がないのなら、二度も話をもたせるのは難しいでしょうから。その点、初対面の山沢さんなら青木さんと同じ質問を繰り返してもよいわけです」

「あれ、するとその時点で今度こそ計画は完了してるよね」歌村さんが首をかしげた。「実咲さんまで郷土史の講義をねだってきたのはなんで」

「カムフラージュかと思います」茶畑さんはいった。「鶴屋さまは実咲さんに、わざわざ対面の場までセッティングするなんて最近の若者はアクティブだ、といったことをおっしゃったそうですね。他意はなかったのでしょうが、すりかえる側としては、対面の真意に近づかれたように感じたのではないかと。ねらいを悟られまいとして、あえて自宅でお話を聞いたのでしょう」

　ぼくたちはうなった。

「盗んだ絵はどうしたの」歌村さんがいった。「学生が闇の売買ルートに通じてるとも思えないけど」

「景浦巡には熱心なファンもいると聞きます。そうしたファンが、実咲さんに近づいて金銭と引きかえにもちかけたか――」

　そこで茶畑さんは頭をさげた。

「想像がすぎました。くどいようですが、話半分に願います」

「いや、納得できる」鶴屋さんはいった。「しかし、小づかいはあげてたし、仕送りも十分だったはず。なにか金のかかるような遊びにでも手を出したのか」

　答えを求めるようなつぶやきを漏らしたが、茶畑さんもこればかりは答えようがないらしく、「申し訳ありません、そこまでは」と首を横にふった。

　沈黙が降りた。

「いや、ありがとうございます」

　鶴屋さんはのろのろとかぶりをふった。

「すぐに絵を確認しますよ。おっしゃるとおりかどうか、実咲に問いただださなくては」

のちに答えは明らかになった。

一か月後の集いにて、ぼくらは伊佐山さんから「お孫さん、白状したらしい」とその後の顚末《てんまつ》を聞かされた。

あれから鶴屋さんは「幻影」が偽物にすりかわっているのを確かめ、実咲さんを問い詰めたという。

茶畑さんの推理はおおむね正鵠《せいこく》を射ていたようで、的中ぶりにおそれをなしてか、実咲さんはあっさりたくらみを認め、青木さんと山沢くんも「幻影」とともに謝罪に訪れたという。

大筋では茶畑さんの想像どおりだった。

青木さんたち三人は、「幻影」を模写してすりかえる計画を思いついた。

そのためには書斎にこもりきりの鶴屋さんが邪魔となる。そこで青木さんが郷土史に興味のあるふりをしておびき出した。続いて山沢くんが出向いたのも、茶畑さんの推測どおりで、搬入、搬出のための余裕がほしかったから。ここまでの計画を青木さんが立案し、山沢くんが絵を描き、実咲さんがおびき出すサポートをした。これも茶畑さんの推測どおりだ。

ただし茶畑さんもみあやまったのは動機で、金銭めあての犯行ではなく、鶴屋さんへの意趣返しだったという。

鶴屋さんはT美大の学生たちを「景浦みたいなオーラがない」とくさしたが、それを実咲さんから聞かされた青木さんたちはかちんときたらしい。

「それなら自分たちの絵とすりかえても、オーラとやらでみぬけるんだろうな」

そんな思いから「ひとつ試してやろう」という計画が持ちあがり、さらにこの過程をパフォーマンスアートにしようというアイデアが生まれたのだという。持ち主とひとつ屋根の下で、模写の作製およびすりかえは可能か――その顚末を動画にし、学祭でQRコード入りのチラシを配布する予定だった。「幻影」はその時点で返却するつもりだったそうな。

「悪気はなかったと、あっけらかんとしてましたよ。私が恥をかくのはともかく、どれだけ自分の将来にマイナスとなるか、三人もいればわかりそうなものですけどねえ」

鶴屋さんはため息をついていたという。

「まあ私も口がすぎましたし、警察沙汰にはしませんでした。とはいえ窃盗は窃盗。二度とこんなまねはしないようきつく叱って約束させましたよ」

それなりにみな、悪のりがすぎたと反省していたらしい。

「というわけだ。蓋《ふた》をあけてみれば、創作者と批評者のプライドの話だったよ」伊佐山さんは神妙な表情をしていった。そういえば、今回も例によって福来さんと口喧嘩をしていたし、思うところがあるのだろう。「批評ってのは恨まれる危険と隣り合わせだね」

難しいものだ。

それにしても、今回も茶畑さんの推理はみごとだった。思わずぼくは口を挟んだ。

「しかし店長、あれだけの情報で真相にたどりつけたのはさすがですね」

「山勘がたまたまあたっただけです」茶畑さんはいった。「それにすりかえの可能性に思い至ったのは、夏川さまのおかげですので」

思いもよらないことばにおどろいてしまう。

「ぼくがなにか」

「コレクションの写真をご覧になったあとで、いつか『幻影』の本物をご覧になりたいとおっしゃっていたでしょう」

たしかにいったけれど。

「写真の中の『幻影』は、文字どおり本物ではありませんでした。その意味で、あのとき夏川さまは真相に肉薄していたのです。私はたまたまそのことばを覚えていたので、そこにある絵が本物でない可能性に思い至れたというだけです」

そして照れくさそうにかぶりをふると、隅の席に注文をとりにいった。

かねてから「〇〇〇〇症候群」というタイトルに憧れがあり、いつかは自作にもつけてみたいな、という淡い希望を抱いていました。なぜかといえば、もちろん、恰好よいからです。

ぱっと浮かんでくるあまたの作例からほんの一部を挙げても——逢坂剛『クリヴィツキー症候群』、笠井潔『オイディプス症候群』、貫井徳郎『失踪症候群』、リチャード・ニーリィ『殺人症候群』などなど、いずれもピシッと決まった、じつに恰好いい名タイトルぞろいです。症候群ということばには、冷徹な印象とともに、その先に未知の世界が広がっていそうな、どこかミステリアスな雰囲気が漂っている。推理小説によくにあうことばだと思います。

ところで、本作の根幹となるアイデアは、もうずいぶんと前に思いついていたものでした。ところがこれをお話として組み立てようとしても、どうにもうまく物語に落とし込めない。無理のない生かし方がみつからず、ずっと何年もの間、作品として陽の目をみないアイデアだったのです。

折にふれては創作ノートのメモを見返しながら、ああでもない、こうでもないと試行錯誤を繰り返すも、一年たっても二年たってもうまくゆかず——これは作品化するのは無理なアイデアなのかもしれないと半ばあきらめ気味でいたのです

が、〈コージーボーイズ〉シリーズの執筆をはじめてからしばらくたったある日、ふと、

「待てよ、前々から憧れていた「○○○○症候群」というタイトルと組み合わせてみたらどうだろう」

と閃いた瞬間、それまでの悩みがうそのようにするするとストーリーが組みあがってゆき、こんなお話ができあがったのでした。ずっと果たせずじまいだった懸案の宿題が片づいたようで、いやあ、うれしかったですねえ。

先にあげた傑作群には及ぶべくもないかもしれませんが、このタイトルから多少なりとも、ミステリアスな雰囲気を感じていただけたなら、そして物語をお楽しみいただけましたらさいわいです。

なお、本作中でゲストの鶴屋仙一氏によって語られる、杉並区界隈《かいわい》の歴史を調べるにあたっては、杉並区立郷土博物館の展示を大いに参考にいたしました。この場を借りて篤《あつ》く御礼申し上げます。博物館にお邪魔したのは、新型コロナ禍もいよいよ本格化してきた二〇二〇年の八月初旬ごろでしたが、そんな中にあっても来館し、展示物を鑑賞してゆかれる中高年の方々が、ぽつぽつとながらおられました。鶴屋仙一氏のビジュアルイメージは、そこにいらした方々の印象を集約して生まれたものです。

単行本版あとがき

この本を手にとったみなさまの中に「昔からあとがきってやつには目がなくて」という方はおられませんでしょうか。私もです。

ミステリにのめりこみはじめた小学生のころから、あとがきや解説の類《たぐい》が小説の本編と同じくらいに好きでした。当時はいまのようにSNSやブログがあたりまえに存在する時代ではありませんでしたから、ミステリの話に触れられる場というのは、おおむねあとがきや解説に限られていました。おのずと飢餓感《きがかん》がつのっていったのです。いままでも買い求めた本にあとがきや解説がついていないと、寂しいというか、ちょっと損をしたような気分になってしまいます。

というわけで、あとがきです。

ここまでお読みくださった方は「また、あとがきか！」とおっしゃるかもしれません。なにしろ各収録作にそれぞれ付記をつけていますから、なんと作品数よりも作者のコメントのほうが多い。あとがき愛好家の方々にはとても贅沢なつくりになっているはず

――と胸を張りたいと思います。

本書は、惜しくも二〇二一年春に休刊した『ミステリーズ！』の vol. 99（二〇二〇年二月刊）、vol. 104（同十二月刊）に掲載された第一話と第二話に、書き下ろしの五編を加えたものです。第二話の付記でも触れたとおり、アイザック・アシモフの『黒後家蜘蛛《くろごけぐも》の会』（創元推理文庫）に手本をとった、いわゆる安楽椅子探偵もののシリーズとなっています。ミステリ好きのディレッタントたちが集まり、その場に持ち込まれた謎に挑むという趣向を踏襲《とうしゅう》したばかりでなく、各話ごとに付記をつけるスタイルもまた『黒後家』にならいました。

このように徹底して『黒後家』を意識していますが、実のところ最初からそうしようという意図があったわけではなく、自分の中ではもともと〈コージーボーイズ〉というタイトルありきの連作でした。

あれはジル・チャーチルだったか、それともシャーロット・マクラウドだったか――ともかく海外作家の、いわゆるコージーミステリというジャンルに分類される作品を読みおえたとき、なぜだかふっとコージーボーイズということばが頭に浮かんだのです。この響きが忘れがたく、そこからこの連中は何者かと自問自答する日々がはじまりました。たぶんコージーミステリに関係する集団だろうけど、どんな人たちだろう、と。

このジャンルの特徴として、やはりいの一番に連想されるのは、おいしいお茶とお菓子、あるいは料理です（海外のコージーミステリには、作中に出てくる料理のレシピが掲載されているものも珍しくありませんね）。これらの要素がいつしか連想ゲーム的に、『黒後家』の中で展開される食事の描写と結びついてゆき、徐々に設定ができあがっていったのでした。

いわゆるコージーミステリも『黒後家』も、おしゃべりの楽しさ、食事の描写へのこだわり、深刻になりすぎない読み心地といった点で共通しています。本書もまた、軽やかで楽しい読み物になっていることを願っています。そして、作中や付記でとりあげた作品に興味をもち、ひとつそっちも読んでみるかと思っていただけたなら、これに勝るよろこびはありません。

さて、ここから先は読了された読者に向けてのご説明となります。通して読んで、ところどころ「おや」と首をひねられた方もいるのではないでしょうか。

ひとつには、季節があります。真冬の物語だったかと思えば次の話は秋だったりと、季節がいったりきたりしている。この七編は、必ずしも時系列順で描かれてはいないのだとご了承いただければさいわいです。

また、明らかに現在進行の物語なのに、作中人物の誰ひとりとして、二〇二一年時点で世界最大の脅威である新型コロナウイルス感染症について言及していません。それどころかみなで集まり、口角泡《こうかくあわ》を飛ばして議論をしている。ウイルスの蔓延《まんえん》はおさまるところを知らず、いまだ先行きのみえない状況にあってはきわめてのんきです。これは連作を立ち上げたときにはCOVID－19はまだほぼ影も形もなく、しかしその後あっという間に世界が変容してしまったゆえの齟齬《そご》ですが——。コージーボーイズの面々は現代に生きていますが、こちら側とは少しズレた世界にいるのだとご理解ください。というつもこの人たちのことですから、いずれシレっとした顔で「そういえば新型コロナだけどさ」などといいだしそうな気もするのですけど。

ズレた世界といえば、第一話に登場した中荻窪という地名は筆者がこしらえた架空のものです。荻窪に行って探しても、そんな場所にはたどり着けませんのでくれぐれもご注意ください！

このたびは装画をみているだけで浮き浮きしてくるような、本当に楽しそうな本に仕上げていただきました。イラストを描いてくださったオオタガキフミさんに御礼を申し上げます。

そして「肩の凝《こ》らないお話を書いてみませんか」とお声がけくださった担当の桂島浩

輔さんにはこの場を借りて深甚《しんじん》なる感謝を申し上げます。いつも穴だらけの原稿を丹念にチェックしてくださり、本当にありがとうございました。また、執筆にあたって貴重な助言をくれた家族と友人に、そしてこの本を手にとってくださったみなさまに、心より御礼を申し上げます。

どうかお楽しみいただけますように。

文庫版あとがき

　さいわいにも文庫化の機会をいただき、こうしてまたあとがきを書くこととなりました。二〇二一年のミステリ・フロンティア版では計八つのあとがきを書きましたので、本書にあとがきを書くのはこれで九回目になります。

　創元推理文庫といえば、筆者がミステリにのめりこみはじめた小学生のころからずっと憧れ続けてきたレーベルであり、そこに自分の著作が収録されるというのはひとつの夢でした。いまも自宅の本棚は創元推理文庫の背表紙で埋めつくされています（己の作った棚《たな》ながら実に壮観というか、みるたびにいい眺めだなあ、とうっとりしてしまう）。もしもタイムスリップして過去の自分——日々くさくさしていた中学時代でも高校時代でも——に会える機会があったとしたら、もう真っ先に教えてやりたい。「将来、自分の小説が創元推理文庫に入るんだぞ！」と。

　文庫化にあたってはお菓子に関する記述の混乱を整理するなどいくつかのミスを修正しました。ほか、店長の茶畑さんに関する描写について若干の修正をほどこしております。読み比べていただくのも一興かもしれません。

このたびの文庫化作業においても多くの方にご尽力いただきました。担当の桂島浩輔さんと東京創元社の方々、文庫版用に新たなイラストを描きおろしてくださったオオタガキフミさん、本当にありがとうございます。また、ミステリ・フロンティア版の執筆時に多くの指摘と助言をくれた友人の端江《はしえ》田仗《だじょう》さん、示唆《しさ》に富むアドバイスをくださった宮内悠介さんに御礼申し上げます。また、幾度も取材に応じてくれた姉夫婦と両親にも、いつもありがとう。

そして読者のみなさまに深甚《しんじん》なる感謝を申し上げます。本作品は二〇二一年末に刊行されて以来、筆者の予想をはるかに超える反応をいただきました。おかげさまで文庫化の機会に恵まれ、ミステリ・フロンティア版とはまた違った魅力のあるかわいらしい本ができあがりました。コンパクトで愛らしく、ちょっとした外出時のお供にもぴったりな一冊になったのではないかと思います。

ただいま本シリーズの第二集を準備中ですので、いましばらくお待ちください。

それでは、文庫版もお楽しみいただけますように！

二〇二四年十一月

本書は二〇二一年十一月に小社より刊行された作品の文庫化です。

著者紹介　1980年東京都生まれ。早稲田大学教育学部卒。2002年、「強風の日」が第9回創元推理短編賞最終候補となり、翌年《創元推理21》2003年春号に掲載される。20年、《ミステリーズ！》vol. 99に本書表題作を掲載。好評を受けこれをシリーズ化し、念願の本格的デビューを果たした。

コージーボーイズ、
あるいは消えた居酒屋の謎

2024年12月20日　初版

著　者　笛《ふえ》　吹《ふき》　太《た》　郎《ろう》

発行所　（株）東京創元社
代表者　渋谷健太郎

162-0814 東京都新宿区新小川町1-5
電　話　03・3268・8231-営業部
03・3268・8201-代　表
URL　https://www.tsogen.co.jp
組　版　キャップス
暁印刷・本間製本

ISBN978-4-488-46821-7　C0193